博客思出版社

整形外科 楊沂勳醫師的偏鄉隨筆

楊沂勳 著

目錄

推薦序　生命是一連串累積的過程

從事教育工作十多年，每當接收到一批新的孩子，看著他們各具特色的面貌、天差地遠的個性，我總會好奇：「當初在嬰兒室揮動小手的嬰孩們，是怎樣的家庭，造成這些孩子成長面向各有不同呢？」

後來，常常在親自家訪、電訪、精密自編的家庭調查表中，得到了答案。

即使家庭背景不同，「教育」尚能啟發孩子不同面向的學習，我的任務，就是在短短幾年中，確實作到因材施教，務必讓他們具備英語能力、開闊胸襟，為自己的人生負責、努力。

所有教學目標中，「恆毅力Grit」（註1）最難傳授，通常得經由各式活動，多次訓練，才能讓孩子真正體會到擁有恆毅力的好處，我發現，天生具備此項能力的人，少之又少。

怎樣才算有恆毅力？明明在醫學中心裡過得舒適的生活，卻想接受挑戰、協助偏鄉地區醫院創建前所未有的整形外科，這絕對不是一般人會做的決定。

放棄都市內方便的交通，每日五點四十五起床，汽車、火車、機車，輪番上陣，每日一百四十公里以上的通勤，計以千日，這不是恆毅心是什麼？甚至，在這距離與時間都長的通勤生活中，持續想辦法優化，小到連可能可以，少走幾公尺、省下幾秒鐘，去找到一個新的收費亭，也都躍躍欲試，從大而小的進化，也從小而大的優化，楊醫師自己樂在其中。解鎖成功之後的成就感，已非小確幸可以形容，而是對自己生活的改善、愈臻完美。

愈臻完美，但何時止於至善？對擁有「恆毅力」的學習者來說，似乎沒有這一天，每一天都是新的練習與進步。

我想到賽門．西奈克的著作「無限賽局」，裡面提到，有一群人和百年企業，他的目標不是和別人競爭奪得第一，而是持續在跟自己競爭，讓每個今天的自己，都比昨天更好，後續而能開創出真正的「無限賽局」！

我問到楊醫師為什麼能夠如此、願意如此，他謙虛說從前也懵懵懂懂，直到「高二時候，見到一群住宿的同學，玩得瘋狂、但唸書也同樣瘋狂！」，讓他跟父母說想搬出去住，全面為自己負責，楊醫師的原生家庭，一樣充滿了自由的氣氛，在這氣氛之下，年輕的生命提出想望，是真正「想為自己認真」的行為。

後續一群志同道合的好友在一起，成績提升、快樂提升，生活中充滿正向回饋，讀書時產生心流（Mindflow)(註2），這是第一次改變的契機。

大學到了醫學系，人才更是濟濟，楊醫師的定位在哪裡？

強記醫學名詞的同時，面對的是無止盡的考試，楊醫師初期只求自己一定要順利畢業，尚未到達學習上的心流境界，直到大五接觸了臨床，發現自己擅長解釋、口頭報告，與病人真誠互動，這是第二次改變，至此，一位醫者的行醫之旅，正式展開。

「生命，是一連串累積的過程」。以教育觀點來看，人如何成為現在的自己，絕非國小時某課習作字體寫太歪、國中第五冊現在完成式句型沒學好，而是人如何看待「學習」這件事，如何正面看待每日的眾多挑戰，最後具備成長型思維，與每日生活的艱難一起練習、一起進步。

如果拿鄧寧克魯格效應（註3），跟楊醫師說：「朋友啊，我看你已經到達開悟之坡，已經是大師囉，可以放輕鬆了喔～」我想，楊醫師一定會回我：「此中有真意、欲辯已忘言。」然後，繼續虛心的，往更精進的地方持續追尋。

僅以此文，將此書推薦給正在人生追逐中的每一個你。

試著感受一下，全台灣最南端的熱血整外醫師，對生命的熱忱！

註1：

恆毅力（Grit）是指：「心理學中一種正向的特質，是追求長期目標的熱情與毅力，為了達成特定目標的強大動機。」它不只是恆心加上毅力的綜合體，背後更隱含著一層面對困難卻不屈不撓的精神。

註2：

何謂「心流」?心流是當你全神貫注投入、沉浸在充滿創造力或樂趣的活動中時，體驗到渾然忘我的一種感受。

匈牙利的心理學者米哈里．奇克森特米海伊（Mihaly Csikszentmihalyi），主要研究領域是「正向心理學」。他觀察到卓越的藝術家、科學家、運動員在進行活動時的共同特徵，就是能達到有意識的心流狀態。

註3：

鄧寧–克魯格效應（英語：Dunning-Kruger effect），是一種認知偏差，能力欠缺的人有一種虛幻的自我優越感，錯誤地認為自己比真實情況更加優秀。美國康乃爾大學的社會心理學家大衛．鄧寧和賈斯汀．克魯格將其歸咎於元認知上的缺陷，能力欠缺的人無法認識到自身的無能，不能準確評估自身的能力。反之，非常能幹的人會低估自己的能力，錯誤地假定他們自己能夠很容易完成的任務，別人也能夠很容易地完成。

Forest Academy 森學院 創辦人 曾盈娟

偏鄉醫療

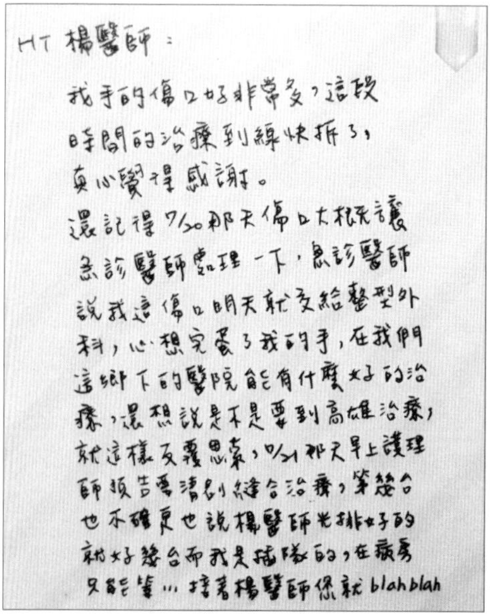

HT 楊醫師：

我手的傷口好非常多，這段
時間的治療到線快拆了，
真心覺得感謝。
還記得7/20那天傷口大概先讓
急診醫師處理一下，急診醫師
說我這傷口明天就交給整型外
科，心想完蛋了我的手，在我們
這鄉下的醫院能有什麼好的治
療，還想說是不是要到高雄治療，
就這樣反覆思索，7/21那天早上護理
師預告要清創縫合治療，等縫合
也不確定也說楊醫師先排好的
就好縫合而我是插隊的，在病房
只能等…接著楊醫師您就blah blah

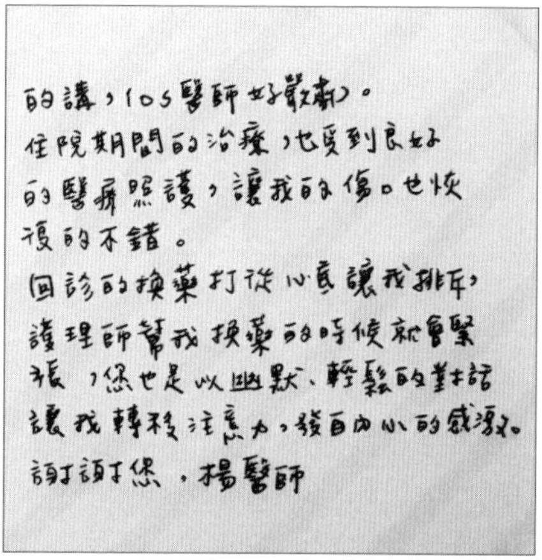

的講，(OS醫師好厲害)。
住院期間的治療，也受到良好
的醫療照護，讓我的傷口也恢
復的不錯。
回診的換藥打從心底讓我排斥，
護理師幫我換藥的時候就會緊
張，您也是以幽默、輕鬆的對話
讓我轉移注意力，發自內心的感激。
謝謝您，楊醫師

一、從都市到偏鄉，第一週

來到了我新的工作地點——屏東枋寮醫院，至今也一周了。近日內心有些感覺，想想還是趕緊寫下，不然可能隨著愈漸匆忙的腳步，那份惆悵會褪去，那份感動會消失。

先提到我每天的行程好了，從一到六，每日早上大約五點四十起床，刷牙、洗臉、如廁、著裝、早餐後，簡單整理家事，出門倒垃圾，用好整以暇的步調六點半開車出門，爾後車子停放在新左營高鐵車站內，再走過去等待七點零八分的火車。

在第一個星期裡，我每天從高雄一路「站到」枋寮一個半小時，像足了日本電車擠沙丁魚般的通勤西裝男子，舟車勞頓形容不為過。後來想想這樣還真不對，總不能到醫院前就先苦命了一番，後續未老先衰般，在工作前先耗掉自己的體力、精力，所以目前已更換為去程預買固定班次「有座位」火車票，回程也就刷悠遊卡，隨搭即上了。（回程許多空位）

早上八點二十出了枋寮車站，我從高雄運來的駿馬（機車），便開始了牠一天最重要的任務——黑貓宅急便般的直送我到醫院。雖然用走的不會太久遠，大約十來分鐘即可抵達，但在南台灣烈陽每日的曝曬下，我可能還沒走到醫院，人就濕了一半。

在良駒（小名：小皮）的幫忙下，每日從車站到醫院的來回路程，可以從二十幾分鐘縮短為兩分鐘，四年累積下來，不可謂不多。此外，機車腹也是我的行動衣櫃，我可以到處從平民變裝成醫師，反之亦然，我省去找廁所或是電話亭變裝的麻煩，蝙蝠俠或蜘蛛人如能在遠處高塔上看到我的便捷，我想也只能望哀興嘆了！

在小皮和牠的行動衣櫃的幫忙下，我可

以在醫院停車場從容的著裝白袍，走入醫院，不慌不忙也不急不慍，也一甩一路風塵的疲態，真是一舉數得，摸蝌仔兼洗褲，一兼二顧！

後續，八點四十我便開始和醫師助理玉芳姐一起看病人，雖然目前病人不多，但一個禮拜不到，我也累積了近十台刀和十個住院病人，在查完房、解釋完病情和未來計畫後，後續有門診我便進入門診，如果有刀就直入刀房，開始了今天的刀光劍影。

時間卡一放，到了下班時間，每日最晚的一班火車從枋寮到新左營站，大約是六點半左右，到了高雄也是八點半之譜，真正能踏入家門口已近九點。

為了讓隔天一大早五點多起來，整天還能精神奕奕的，我大概都晚上十點半左右就寢，這讓我回想到國小時候的好學生階段，恍如還在昨日。不過總歸來說，早睡早起確實是一個好習慣，我也藉此習慣而養生。

所幸，每日火車來回通勤，在平穩車廂裡的時間大概三個小時左右，那是我閱讀的時間，完全沒有浪費掉，我也過得充實，內心自在而不徬徨。

但我也時常告訴自己，我目前正值青壯的歲月，應該多點心思在工作上，如古戰場將軍的立下戰功、馳騁沙場，要有「壯志飢餐胡虜肉，笑談渴飲匈奴血」般的雄心壯志，兒女私情或是家庭部分，我想先不急了，待有緣人矣。

有人問我，會不會後悔來偏鄉？

我想想後回答，我只怕我到老後，才後悔沒來經歷、接受挑戰過，連當年勇都沒辦法提。那才是會讓我後悔的。

同時我也相信，當時間過得越久，我將看見這些點連成一條線，那將是我存在的意義。

《屏東縣醫師公會會刊》，2019/02，第三版

二、偏鄉醫療的日常

一個越籍的新住民小朋友，十來歲，正值愛跑愛跳的階段。

幾個月前陪媽媽回越南探親，腳上踩出了一個傷口，怎麼用弄的他也交代不清，總之，這兩、三個月來，因為足底的傷口，他沒辦法恣意的跑和跳，總是一跛一跛的。因為會劇痛，這兩個多月來，在恆春求診及換藥。可想而知，當然不會好，而且已經出現有感染的跡象。

後續，有人推薦媽媽帶來找我。我檢視完傷口和病史後，直覺應該是異物嵌入造成局部的感染和反覆發炎。好在位置在我們足底的非承重區（前足和腳跟，是兩大承重區）。病灶在足弓處，所以我們安排了兩次手術，一次廣泛性的病灶切除，後續接著，換藥一週及抗生素治療後，我們近日關閉起了傷口。一週左右，我們解決了孩子這兩、三個月來的嚴重困擾。

您會覺得……這個病例有什麼特別的嗎？不就是切除和縫合？我想說，手術本身不特別，特別的是後面的故事，和隱含的意義。

一個看似平凡常見的異物嵌入和感染的傷口，在恆春半島兩個多月游移沒有辦法解決，孩子痛苦，媽媽也是。四處求醫，甚至是問卜，只能一直換藥……一直換藥。恆春半島的醫療匱乏，你看到了嗎？多數的次專科醫師不願意下來恆春半島。

這只是九牛一毛的案例，還有很多、很多……

相對於我們都市人，生病了總喜歡往大醫院或醫學中心跑，因為鄰近、方便及可靠，但每每進入大醫院看到那樣金碧輝皇的殿堂。我們總會震攝在那樣巍巍的高聳建築，冷辟的白色大理石砌牆，高不可犯，一棟棟的白色巨塔。醫生也時常被震攝，何況是病人？更何況是鄉下來的病人？鄉下人到了大都會的醫學中心，總是會怕和顧忌，怕客死異鄉，找不到回家的路。跟我們都市人相反，這也是為什麼許多急重症的病人，寧願在家鄉凋零死去，也不願意前往市區。

誰來照顧我？誰來照顧家裡的大小？誰來工作養家？老闆會不會把我辭掉？誰來幫我打飯，當我不能下床時候？誰來幫我籌措醫藥費？我如果去市區醫學中心的話……

誰？誰？誰？（病人心中自己的問號，誰來照顧我？）

？？？……

太多、太多不勝枚舉……總之，孩子遭遇的問題只是滄海一粟，我在這裡開了不少急重症的病患，他們多數只想在家鄉過往就好，不管是好是壞。許多人不願意去，他們眼中令人生畏的醫學中心，人生地不熟的，也怕被都市人欺負。不要懷疑，許許多多原民、新住民和藍領階級的人們就是這樣！

一個台灣
兩個世界
舉世皆然如此
區區之力，螳臂擋車
但求盡力
勿以善小而不為而已

〈小醫院大醫師偏鄉服務〉《Story 整形春秋雜誌 Vol.4》專訪，2020/11

三、被病痛折磨的身軀，和上帝捎來的天使

一位四十二歲婦女，心臟血管之前放過八個支架。糖尿病控制的非常不好或說根本沒在控制，驚人的家族史，幾乎所有家人都是中風、糖尿病、心肌梗塞或是早逝。

她，左下足踝開放性骨折後感染，已經臥床超過半年，整個足踝骨頭完全破壞。骨髓炎和化膿，如滾滾流水，一按壓傷口就冒出惡臭膿液。在多家醫院流連往返，都被退件，因為手術中前後風險實在太高，不管是心臟還是腦袋，都可能再次心肌梗塞、中風或術中血流不止。此外即使使用抗凝劑、阿斯匹林也無法停止，因為數個月前才剛中……風過！總之，就是到處被退件了。

但，枋醫的心臟內科鄭醫師非常的積極，這是他的老病人，鄭醫師已經照顧她一、兩年以上了，不忍心看她拖著一個變形的化膿性骨髓炎足踝，每天臥床，全家大小被困在醫院前後內外。所以，鄭醫師找上了

我……

總之，我一貫的作風，大家講清楚、說明白，相關風險，醫病雙方一起承擔，病人和家屬願意接受，我就願意幫忙執刀！就這樣，我們幫病人術中前後高規格的準備，心導管再作了一次，預防近日再梗塞，阿斯匹林也不停的狀態下，行膝下截肢手術。可想而知，術中當然就是浴血奮戰，但，有驚無險的下庄。

術後三天，一切安好，感染源移除後，病人的精神好了許多，應該是患肢的毒素無法再進入身體，所以整個人氣色煥然一新。但，天無三日晴！第四天，再次梗塞性腦中風，大範圍被塞住……（缺血性中風 Middle cerebral artery infarction），本來會講話的，變成講不出來了，只能眼睜睜看著我們醫護，時而清醒，時而昏迷，命在旦夕。

我實在是難過，尤其是看著她孩子。

此外，縫合的傷口也出現了紅腫熱痛，後續細菌報告出來是黴菌感染（一般是免疫力非常差的人，才會傷口感染黴菌），如果要打抗黴菌藥物，至少要兩週以上的療程，而且抗黴菌藥物副作用和肝腎毒性非常的大，她的身體已經是風中殘燭沒辦法再給她抗生素了。此外，她也沒有本錢再次上麻醉、再次進開刀房清創。

後續，我們用時間換空間的策略，不打抗生素，但傷口完全打開，請她回家用燒燙傷藥膏每天換藥，週週來門診，剪死皮和爛肉。一點一滴，一換就是一個月，燒燙傷藥膏也比較不痛，病人可以接受每天在家換藥。

就這樣，執行了一個月，傷口變乾淨了，我們再次如臨大敵的安排她住院，準備縫合起傷口。麻醉科、心臟科、加護病房，術前的準備和 stand by 我們整外，局部皮瓣縫合起了傷口。幸運的，不再感染，也沒有併發症發生。又過了一個月餘，今天回來拆線，也準備好要裝義肢了，也作好心裡準備，要開始學走路了。

看著她先生對她不離不棄，有時候我覺得她比我還幸福！

如果你問我為什麼要這麼衝，幫她開這種刀，因為她還有一個隨伺在旁的小朋友，今年十歲，一個小男生。別人同學在玩樂，他每天陪著媽媽進進出出醫院，甚至在診間，自顧自的和醫護人員玩了起來。這是他的童年，你能想像？我不敢想像他沒有了媽媽後，他的生活會變成怎樣，心靈往哪裡寄託（爸爸是繼父）？

如果你是我，你會幫她媽媽開刀嗎？是成是敗，大家都了然於心了，沒有壓力。只要你相信我們，我們就幫你處理。

看著妳今天在門診畢業
語言部分也復健良好，可以基本對話了
說實在的
我很祝福你

也為你的孩子祈福
也為你的先生禱告
你的身體是病痛的
但你的周圍是喜樂的
孩子和先生是上帝差給你的天使
你好好加油～
畢業了
不要再回來找我了～
祝福你

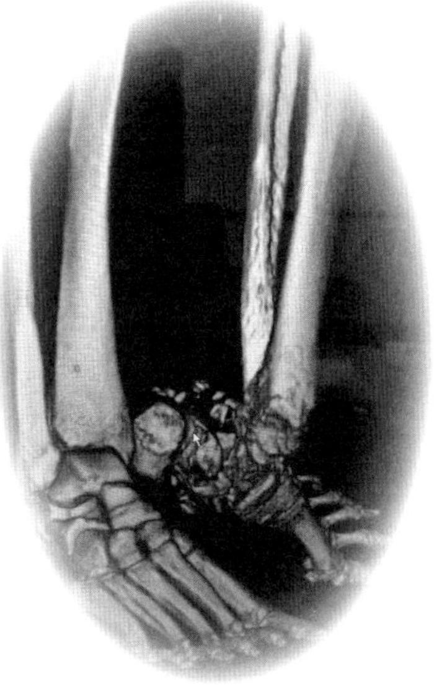

四、屏南公路上的守護

一個二十四小時的心導管中心要成立，需要多少資源？天時、地利及人和都要能彼此呼應，才能成就今天的美事。沒有今天與會眾重要人士和推手們，這二十四小時的救心、救腦守護沒有辦法成立。

昨晚恰巧看了，庫爾斯克號的《深海救援》。片中多位有家庭、妻小的海軍、水手們被困在機械故障而失事的潛水艇裡，停泊在五百公尺深的海床上。本來有非常足夠的時間來被救援，當時各國救援的技術、設備和船艦可以輕易的救出這二十、三十位海軍和水手們。

但，俄國上將，不願意就是不願意，讓別國的海軍來馳援，將軍們寧願犧牲掉這些年輕的生命和寧可造就成一個個破碎的家庭也不願批准他國的救援。將官眼裡，這些年輕的生命猶如螻蟻，為國家犧牲本來就是天經地義。這些年輕人當初從業海軍的時候，本來就應該知道這些道理。所以，將軍們寧可犧牲掉螻蟻的生命，也不願意開放救援！就這樣，生命最終在海裡被耗盡，一個不完美的結束局。它是一個紀實的影片，令人惋惜！

我想到了現在各醫學中心的擴張，從市中心一路延伸到市郊，最後是偏鄉。如果打著不跟我醫學中心合作，聽我醫學中心分派的話，我就逼死你這個小醫院，後續我（醫學中心）再來接手經營。

如果是這樣的心態，不知道會有多少恆春半島和屏南的生命，要斷送在這條往高雄的公路上。對那些醫療經營專科（將軍們）的人來說，這是康莊大道前的必要之惡，以後會更好，至少醫學中心自己會更好！但一將功成，總是萬骨枯，如果用大魚硬要吃小魚的心態來謀略，會有多少鄉親因此死去……過去、現在和未來。

死去的人，對經營專科者（將軍們）來說可能只是個數字，但實際上，每個數字是由1和1和1，慢慢的堆疊而成。而每個1，都是一整個家庭，別人的爸爸和媽媽。

很慶幸的，高醫、萬芳、義大、長庚等等醫學中心，真的都是無私的馳援著枋寮醫院，全力的協助著枋寮醫院。或言說，馳援著屏南和恆春半島的鄉親們。

撇下各個醫學中心插旗、占地盤的觀念，上面提到的醫學中心們，真的無私幫著這裡的鄉親和大小，像是：雖然我愛不到你，但，我也希望你被其他人愛著，那才是真正的愛。不是嗎？

眾人之力，成就的不是枋寮醫院的業績，或是蘇宜輝院長的口袋，成就的是恆春半島十萬居民的安危。謝謝你們醫學中心的愛在這裡交會著。日片《小偷家族》電影裡有一段話：

「幸福很美，但總是短暫的。」

現在醫學中心的愛在這裡交會，那是幸福的，但是不是短暫，要靠彼此的努力和妥協，只要出發點是對的（不是我醫學中心的疆土必須擴大），我想，我們這段幸福可以很久、很久……

經營專科（將軍們），你們當初從醫的初心是什麼？
訪心，你會記得。
和解共生、互利共存。
許多1和1和1的家庭，
還可以延續。
很多人還可以看到爸爸、媽媽走回家，一享天倫之樂，
而不是躺著回來……
如果這個短暫的幸福一定要下個期限才能作了結，

那我希望是，

一萬年。

〈屏南公路上的守護〉，台灣醫界雜誌，2021，Vol. 64，No. 4

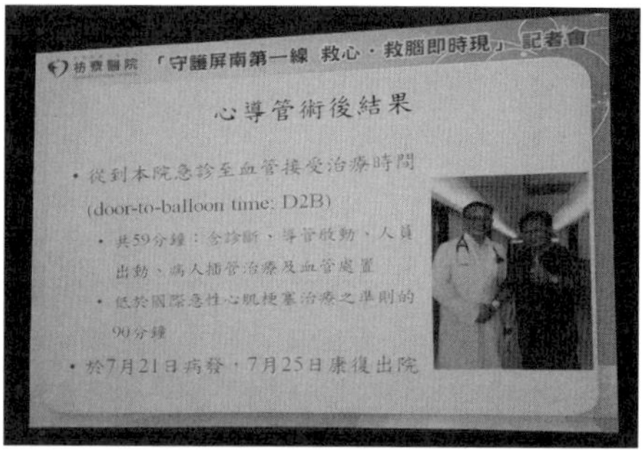

五、顯微手術救回了一隻腿

十九歲的年輕人（或說是小朋友），職業軍人，嚴重車禍外傷後造成的足部巨大皮肉及骨頭缺損。在沒有顯微手術的年代，往往都只能截肢以對。

在偏鄉，我們完成了第一例的自由腓骨顯微皮瓣手術，救回他的下肢。難的其實不是手術本身，難的是心態上的突破。我常常捫心自問，真的要在偏鄉玩這麼大的手術嗎？每當腦海徘徊這樣念頭的時候，電影《地球過後》裡史密斯父與子的對話，總能給我最後一哩路的勇氣。

恐懼只是幻覺。

如此，雖然一路上披荊斬棘，但最後也都還算是過關斬將，一步步

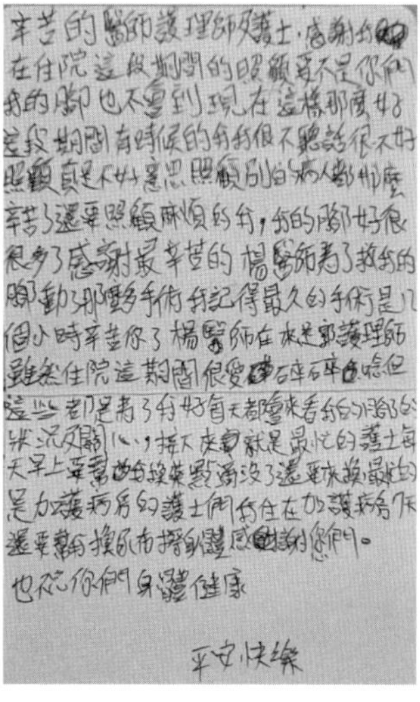
辛苦的醫師護理師及護士，感謝我
在住院這段期間的照顧要不是你們
我的腳也不會到現在這樣那麼好
這段期間有時候的我我很不聽話很不好
照顧真是不好意思照顧別的病人都那麼
辛苦了還要照顧麻煩的我，我的腳好很
很多了感謝最辛苦的楊醫師為了救我的
腳動了那麼多手術我記得最久的手術是几
個小時辛苦你了楊醫師在來是郭護理師
雖然住院這期間很愛碎碎唸但
這些都是為了我好每天都會來看我的腳的
狀況及關心，接下來就是最忙的護士每
天早上要幫我換藥點滴沒了還要來換最忙的
是加護病房的護士們我住在加護病房時
還要幫我換尿布擦身體感謝您們。
也祝你們身體健康
平安快樂

的完成了許多里程碑。

近日，和骨科何信俅醫師完成了這小朋友第二階段的骨頭成形術，讓腓骨可以完全貼合和嵌入原本骨頭缺損的位置，雖不是百分之百的回復，但已經從本來不及格、風中殘燭支離破碎的下肢，變成說至少有九十分的水準，也算是差強人意了。

聽小朋友提起，他的爸爸媽媽都還在，只是都遠在外地，不方便來探望，像這次重大的外傷到可能需要膝下截肢及住院將近一個月，他的爸爸媽媽沒有來過，來訪的，是他年邁的奶奶和軍中的朋友，此中有真意，我也不過問了。

這裡窮困的人很多，但大家聚在一起生活後，像是團體治療般，也不會真的覺得自己苦了。我們都市人呢？是不是常常無事呻吟，心病太多，蝸牛角上爭何事呢？

回到這個小朋友身上
謝謝你相信我們
讓我成就了這樣偉大而近乎完美的重建
這再生的左腳
是我和何信俅醫師送給你最好的禮物
往後還有五十年、六十年、或七十年的餘載美好人生
請好好的善用
也不要忘記當初這樣天時人地完美配合下的遺福澤
記得！要讓這樣的美麗延續
記得！勿以善小而不為

六、也許一期一會

鄉下裡，門診裡，總是許多老人家，很多慢性傷口，也不少感染嚴重而來的。待這些傷口處理完畢後，其實建議病人、家人要清洗傷口了，因為已經好了。但許許多多人，總是不敢踏出第一步。遇到我這種半父權式的醫師，我都會很白目的，直接拖著病人來洗腳檯上清洗。洗完當下，病人家人總會覺得，哇，原來真的可以洗誒！可以用肥皂洗誒！後續傷口上面的結痂和皮屑，才會掉的快。

病人家人常常的問題是，自來水不會髒嗎？清洗傷口可以嗎？我總是一句話打回：腳漬和手漬幾個禮拜不洗比較髒、比較臭還是自來水比較髒？大部分，病人都能馬上明瞭，像是圓桌課程裡，叫我們踩踏著地上的火，走過去。告訴我們，恐懼只是幻覺。

到枋寮兩年半了，幫病人洗手洗腳，我還是偶然為之。因為覺得有教育的必要性在，也確實對個人清潔衛生和傷口，比較好。

常常看這些老翁老嫗七、八、九十歲的一堆，每每一個治療結束，最後一個門診結束的時候，總會覺得，不知道，這輩子還有沒有機會再看到你。

常常開車來這裏的路上，街道偶爾就是圍起辦告別式，偶爾遇到街道圍起來辦告別式，多數其實應該是安享年、天年而終，應該慶幸。但總會想到，是不是我那一個病人？有幾個好久、好久沒看到了。我和這些老人家的緣分，我這輩子，或是老人家那輩子，我們就這數週相遇。我從何而來，我很難想通，你從何而來，也是一團謎。但至少，你不會像我神經病一樣去想：

我們兩個生物體
此時此刻此地相見
也不知道在這宇宙裡

是不是有機會能再重來一次？

也許也許……

時間空間的軸裡，

我們就這一次相遇而已

也許這次門診結束後

我們這輩子不會再相見

也希望這輩子的相遇

我們只留下喜悅

冰雪奇緣裡說到：「水有記憶的」，我們都是由水組成的，從

50～80%不等，而我們人身上的水，透過天地萬物循環，至少走過三個人。很妙！很玄！也很引人遠思，你泥中有我，我泥中有你，大概是這樣吧～

七、廢文

剛剛走在枋寮街巷，一個黑衣男子、戴著安全帽、脖子披著一個大鋼鍊，摩托車突然一個閃身，機車急煞聲，高頻嘰嘰作響，輪胎摩擦路面的燒焦味，直接衝鼻而來，也白煙裊裊，截斷了我的去路⋯⋯

霎時間，我腦袋裡 run 了三秒的跑馬燈，想到，總算是遇到仇家了⋯⋯雖然我也不知道仇家是誰。但⋯⋯，其實也不重要了⋯⋯，愛人都可以突然莫名其妙瞬間變陌生人了，病人變仇家，有什麼稀奇。

還好我，無恃其不來，恃吾有以待也。講白話是：林祖嬤船便便，誒等厘拉！

乾！！！

我練很強壯的雙下肢，已經準備要踩踏著新皮鞋（強調一下），往空地那裡跑了～～血脈開始賁張，腎上腺素開始大量分泌……（補滋補滋），那種洶湧澎湃待爆發的撞擊力，就好像雄鱒魚體內的精子一樣，成千上萬，盈盈不絕啊！我準備要一個大箭步、閃身而過黑衣男子，說時遲、那時快，他那隻又黑、又大、又長、又粗的手臂，伸出攔住了我……像截胡的氣勢一樣，毫不猶豫！有小女子輕解羅杉終不悔的堅定！

乾……

天滅我也，我還有好多事情要做，千金之身不死於盜賊，遲了……時也、運也、命也，非己所願也。我不禁悲從中來，想到近日的孩子、想到被劈腿，想到美好人生驟然的休止符……悲憤交加！作勢要仰天長嘯了～堪比楚霸王項羽在烏江、日落西山的悲壯！

黑衣男子，緩緩的脫下口罩：楊醫師、楊醫師、沒事啦！是我啦！！！你幫我開刀的啊！你記得嗎？？

你看、你看！！！（狂戳自己的臉）

乾……

可以不要用這種方式打招呼嗎……

#下唇鱗狀細胞癌第一期自切自補

#根除性切除後雙旋轉皮瓣重建

八、不要問別人為你做什麼，要問你為別人做了什麼？

昨天在診間，一位媽媽帶著男孩（十三歲，左臉稍微腫腫的）來看診，說要檢查臉上是否有骨折，或是有變形等等，要開立診斷書。

我問道：「你是要驗傷的意思嗎？」

媽媽：「是的。」

孩子住在育幼院，被其他同學打，院方都沒處理，她很生氣，她要帶來驗傷，拿診斷書，要提告，最好寫嚴重一點。」

我問道：「你不是媽媽嗎？你的孩子為什麼要住育幼院？」

媽媽：「我們家裡沒錢，所以從小就把他送到育幼院了（指著孩子，孩子從頭到尾不發一語）。」

我：「是哪家育幼院？」

媽媽：「○○育幼院。」

我：「喔！我知道，我常捐款到那裡去。」

我問站在角落的孩子，你們院長是不是叫○○○？孩子本來從頭到尾不發一語，但後來聽到我說院長的名字，臉上閃過一絲絲的微笑，點頭著。那位媽媽聽到我認識、知道○○育幼院，也有來往，好像稍微震驚了一下。

我後續跟媽媽說：「你如果要驗傷，應該要去急診，我們這裡的驗傷作業是急診統一辦理。」

媽媽：「我去過了啊，可是我覺得他們處理不好，我需要再來找整形外科，要確定臉上是不是有骨折，或是很嚴重，或是會影響吃東西，美觀、外觀或是留疤什麼的，最好幫我寫嚴重一點。」

我調閱了兩天前的急診和影像資料，診斷書有了（面部鈍挫傷，甚至連擦傷和撕裂傷都沒有），驗傷作業也已經完成，臉上也有多張不同角度拍攝的X光片，都沒有骨折的證據，但媽媽還是鍥而不捨，希望我能再多做些什麼，像電腦斷層、核磁共振、超音波……等等，看能不能看出些什麼異樣，她央求著，最好寫嚴重一點。我反覆說明不行後，後來她也觸發了我的碎念、說教模式。

我說：「我問一些比較不客氣的，孩子從小到大都是育幼院在帶，孩子會不會對院長比對你還親？此外，你一直覺得育幼院沒幫你做什麼，一直覺得育幼院有疏失和虧欠。那你有想過，你幫育幼院做了什麼嗎？我相信這十幾年來，孩子在哪裡被養育長大，功應該遠遠大於過，瑕不掩瑜。媽媽，妳不要這樣，小孩子打架就要提告？要索賠？」

我說：「我小時候也常跟鄰居打架，現在還不是長這麼大，也都好好的，沒有必要孩子打架就要告來告去，有什麼意義？

要告來告去？你的經驗不會有我多，我跟你講，告來告去你拿不了多少錢，也不見得拿的到，而且你還要花錢請律師，最後賺錢的都是律師，不是加害者或是被害者。而且你想要的正義，可能好幾年之後才會姍姍來遲，伴隨的賠償少之又少，沒有意義啦！你如果堅持要開診斷書，我就是急診一樣那份開給你，其他的沒辦法，不好意思！」

就這樣，媽媽領著孩子回育幼院了。

我其實可以很簡單的奉行醫療的SOP，不用跟她講這麼多，只是覺得沒有必要這樣，多一事不如少一事，事急則緩，事緩則圓。

不要問別人為你做了什麼

也要問你為別人做了些什麼

互相啦！

〈你為別人做了什麼？〉《屏東縣醫師公會會刊》，2020/06，第三版

九、尹太志，何許人也？

尹太志，何許人也
生於大港，長于斯
學於京城
游于海外國間
待學稍有所成
仗劍懸壺阡陌之間。
雖身處鄉陌，長劍時時揮舞，

牽針弄刀，不亞京都之勢，

週週游移 繁華與鄉野

尚若 上窮碧落下黃泉 穿梭於世道陰陽兩極

澄明心意，寂而不惘，

常懷悲憫，孤不喪志。

樂於文墨筆尖馳騁

胸有千萬鎧甲

能縱行萬里奔騰而不羈

常自詡雲長，手把青龍偃月坐鎮關山

於此

斬疾祛病，刀到病除

美玉於斯，韞櫝而藏

是以曖曖內含光 數餘年

終惟邊光而為所見

頭角崢嶸而起

尹太志，何許人也？
未若武曲下凡
鎮疆南方百里
化肉身而守於斯
……
阿志阿～早上起來吃藥了沒～～？

我所看到，我所知道

謝謝楊沂勳醫生照顧幫我醫好也謝謝護士小姐幫我換藥打針讓我這麼快就好了上帝給你們聰明智慧來世間救人的天使

住院的這幾天，辛苦了這些護理師，從開刀完的每天換藥，每天來照顧我們，看著護理師每天如此忙才發覺到他們的辛苦，如此的偉大

謝謝這幾天照顧我們的護理師，你們辛苦了!!

感謝楊醫師，對於病情詳細的解析，讓我更加清晰該如何配合治療及更提升對醫師的信賴與信心。

住院期間感謝了7F全體護理人員的照顧，因為有您的幫助才能有安定的心情。

一、還在學

那天，停車在農會前面，下車要離開之際，一位七十幾歲的阿公大聲喊住我：

「少年吔！厘車停卡邊誒，誒港涷丟路拉！毋湯拉！」（車停旁邊一點，會擋到別人）

哈，我回頭看看車子，隨即把車再挪動了一下，阿公一副很欣慰、和讚賞的眼神看著，感覺是孺子可教的那種眼神。說著：「珍賀！珍賀！厘跑業務奏操厚，要好好保重身體蛤！」

哈，很有意思，我微笑致意離開。

好久沒有被叫少年吔，也好久沒有被小訓話，或是指示去作什麼事情了。平常披上了白袍大馬褂，感覺人們就敬畏三分，想講的話也不敢講了，就連阿公阿嬤也都會乖乖的聽從（雖然常常陽奉陰違），不敢造次，半人半神般的看待你。

在枋寮，我現在想要隱身於人群裡，好像也不容易了，常常路上或是那裡被認出。

以前還有老師常常對我耳提面命，時時指正我那裡需要進步或是更正的地方，現在幾乎沒有了，只剩下內心那道反思大牆，時時幫我自我檢視和改善自己的不美好。有時候，到底是擇善固執？還是故步自封？往往都是事後話，現在當下，誰能完全的明瞭自己，站在那一邊比較多？是好的固執、還是壞的堅持？

醫師，也只是專於自己的醫學領域而已，其他的，可能像是個生活障礙，或是連日常生活都無法自己打理的人了（如我）。真的，醫生不用把自己想得太大、太神，我們只是專於某醫學領域的專家，僅此而已。其他舉凡工程、電腦、水電、烹飪、繪畫、音樂、品酒、登百岳、運動技能……等等，我們可能都不行，或是略有涉及而已，我們不用把自己塑造成一個半神人的樣子，樣樣強？其實不然拉！

我們就只是一位位醫學領域的專家，如此而已。

一句少年吔，阿公把我拉回了現實，在古稀之年阿公的眼裡，我的確是一位少年吔，沒錯。我也還有很多需要學，他也還有很多東西可以教我，或是經驗傳承。

這是毋庸置疑的，除非我們覺得自己很滿了，像是滿盛的水杯，容不下任何一滴多餘的水，那樣的人，才令人憂心。

愛因斯坦說過：

專家是一條訓練有素的狗

如果沒有健全和完善內在的話

"……It is essential that the student acquires an understanding of and a lively feeling for values. He must acquire a vivid sense of the beautiful and of the morally good. Otherwise he---with his specialized knowledge---more closely resembles a well-trained dog than a harmoniously developed person."

「讓學生有對於各種價值觀與生活感受是很重要的，他必須能真正的擁有美感與道德良善。否則他的專業知識會讓他像一隻具有良好訓練的狗，而不是一個和諧發展的人。」

我不期望自己變成一個各方面完善的人，但至少不要落為一條訓練有素的狗，就好。

不設限
虛懷若谷
和時時提醒自己
我們都還在學

辛苦的醫師護理師及護士，感謝我
在住院這段期間的照顧要不是你們
我的腳也不會到現在這樣那麼好
這段期間有時候的我我很不聽話很不好
照顧真是不好意思照顧別的病人都那麼
辛苦了還要照顧麻煩的我，我的腳好很
很多了感謝最辛苦的楊醫師為了救我的
腳動了那麼多手術我記得最久的手術是八
個小時辛苦你了楊醫師在來是郭護理師
雖然住院這期間很愛碎碎唸但
這些都是為了我好每天都會來看我的腳的
狀況及關心，接下來就是最忙的護士每
天早上要幫我換藥換沒了還要來換最忙的
是加護病房的護士們我住在加護病房7天
還要幫我換尿布擦身體感謝您們。
也祝你們身體健康

二、巨輪演進，時代的眼淚

那天，帶孩子去兒科診所看病，看完診後，在櫃台等待領取藥物，等待期間，看到櫃台深處，一位年過五十的藥師或是藥劑師，迅速、敏捷而專業的配起孩子們的用藥，一一對著藥名、藥瓶，核對、取出、搗碎，分裝於各個小藥包中，最後唱名請病人前來領取，手刀直起直落，或說是庖丁解牛般的俐落，不拖泥帶水，也不為過，活像是一對機器手臂在運作般，讓我驚嘆不已！

但，腦海突然閃過一個念頭，如果真的是一對機械手臂呢？會不會更好？

如果當天的調劑和配藥超過一百次，或說是一千次，那就速度、精確、疲累及耐受度……等等來說，機器跟人力，那一個會比較好？我們比較相信超市收銀員的手按計算機，還是電腦掃條碼計價比較可靠？假設一天一萬次的收費計價呢？我們比較相信人還是機器？

現在來說，精密工業的準確度已經要求到六個標準差，換句話說，每百萬次的操作，只容許十次以下的犯錯機會。或說是，有99.7%以上的準確、速度和長久性的廉價水電成本費。此外，簡單而客製化的機械手臂，現在價格已經可以降到百萬元以下，那，人力比較划算還是機器？

為什麼郭台銘要興建機械人大軍，在無燈工廠裡，日夜不停、不捨晝夜，且惡劣、密不通風的環境裡運轉著，答案不言而喻。這樣的趨勢再延續下去，藥師或醫師真的有存在的必要性嗎？還是只靠一張執照牌保護著而已？我反覆思考這個問題。

最後給自己的答案是：

證明自己價值的方式是，不要讓自己可以被機器取代。

看看坊間的停車場，曾幾何時，從以前幾乎都配帶一位收費員，到現在，90% 以上停車場，都是機器閘門，也無人進駐，也都客人自助操作，機器旁留下一個電話號碼，遠端中控連線，有問題再打來故障排除。如果真的有緊急帳務或是軟體問題卡關，後端車輛在等待，中控的值班人員可以先遠端操作，讓機器閘門先開起，車子先出去，帳務後續再來處理，這是我經歷過的。我也很訝異這些改變都是在三、五年內靜悄悄的發生，不是登高一呼，也不是一呼百諾般的說：我們今天來改變吧！不是的，我也不是在蜀犬吠日，而是這一切都在靜悄悄的轉變中。

從專業、迅速、而確實的醫護人員到機械手臂可以用 200%、300% 或是 400% 以上的效率，輕易取代，我們是不是只差在一張執照牌保護著而已？我很憂心，我也反想過自己的優勢是什麼？時代的巨輪在運轉著，沒有為任何人停下腳步或佇足。還記得美國工業重鎮變成鐵鏽帶嗎？拉近一點來說，還記得台灣高速公路上，收費站裡上千位的收費員嗎？ETC 完全取代了他們，現在去問問普羅大眾，有幾位誰想回到過去那樣停車、等待、人工收費的高速公路？

巨輪沒有眼淚
我們自己的優勢在哪裡？
有沒有在持續精進？
有沒有在持續創造自己的價值？
準備好了沒有？

〈AI 時代的反思，醫藥護的未來在哪裡〉《台灣醫界雜誌》，2020, Vol 63, No 5

三、離開義大前，寫給師長的一封信

現在回顧看來，複雜的心情依舊，但也問心無愧了。

老師，

希望我能這樣一直稱呼著您。

晉升主治醫師到現在，這段時間裡，承蒙師長們的照顧，甚至，老師之前還找我到您辦公室深談，提到有關論文寫作、Godina scholarship、學位攻讀……等等未來的規劃安排，真是常常讓我感覺到，我是何德何能才能有你們的賞識和重用。

這幾週來，老師您也數次再和我提到淋巴水腫和出國受訓一事。我也開始靜下心來思考、跟家人討論，到底什麼是我想要的？

學術論文寫作或是升等一事，好像不是真正我喜歡的，其他如同行政和會議等等，我也一直無法樂在其中，當然，去作個醫美醫師，也不是目前我想要的，那也太浪費你們教導的功夫了。但我知道我喜歡臨床服務，目前並不排斥為 General Practitioner，日後想專注的領域，其實我還在尋找。

不過既然老師您提到未來的安排，我思考後並不是我想要的，我想盡早跟您報告，我不希望耽誤了老師您對科部未來的規劃，成為罪人。我喜歡動手、喜歡有事情作，我不喜歡沒個目標。變成主治醫師後，我也許還不習慣這樣的步調，很多時間閒置著，讓我有點徬徨。

我喜歡停不下腳步的感覺，至少在年輕的時候，我這樣期許著自己，像是跟老師您之前提過的比喻，我想要像是蹲在一個受火鍊的大鐵缸裡，持續的進步和鞭策自己，我不希望五年、十年後回顧看到自己，還是一樣的在原地駐足。

其實，我也沒有想在醫學或學術界上很有名，甚至，我希望醫師可以有點像是我的副業。我想跨足其他領域，像是演講、寫作、讀書會、衛教，或是讓醫療可以跟我的副業結合，但這個副業是什麼，我還在尋找。

在那之前，當一個 GP，我並不排斥。

因緣際會，枋寮醫院院長的兒子，先前是我們醫院受訓的 Intern，我之前偶然的帶過這位學弟，那時候的我身為科內 CR，我帶領他的期間，一開始全然不知道他的背景和來歷，只知道他也蠻欣賞我做事的風格和步調，後續我們慢慢熟稔後，他才告訴我他的背景。

往後，在今年十月、十一月的時候，他安排了數次我和他爸爸見面和吃飯，餐桌間，蘇院長也談到了枋寮醫院需要整形外科醫師的事。

在枋寮醫院那裏，從開院以來到現在，從來沒有過自己的整形外科醫師，他們是恆春半島的進入大高雄地區的中扼，這些年來，只要遇到稍加嚴重的創傷、較嚴重的開放性骨折、創傷或是感染急重症，他們能做的，就是一律轉診、轉診、再轉診。而後續病患在義大、長庚、榮總或高醫診治完畢後，病人也必須一路從恆春半島到高雄市區回診，舟車勞頓，三十年如一日。

他們真的希望一位整形重建外科醫師在這裡，可以幫助這裡的頹勢，他們不見得需要我，我不是什麼重要的咖，但是他們需要一位整形重建外科醫師，最好是積極取向的。（我想這也是為什麼兒子向他老爸推薦我的原因吧）

他們希望可以一點一點的，將那過去陳舊推諉的氣氛洗去。過去三十年來，他們從來沒有過整形外科醫師，近日他們也通過了恆春半島中重度急症整合和指揮中心，他們過去這樣轉診、轉診、再轉診的氣息，必須要有點轉變。蘇院長希望我夠能幫忙。

也許目前枋醫只需要整形外科的GP，如重建、顯微手術、創傷、燒燙傷和一般的顏面骨折復位，現今的我並不排斥。但是他需要從零開始，百業待興的整外，我好像突然有了點方向和興奮的衝勁。也許像主

任提的，我涉世還未深，我被那衝勁沖昏頭了。（我近日才跟主任提起的）

但可以確定的是，他們需要一位整形外科醫師比起義大這裡需要我，多的很多，當然不見得一定需要我，我不是什麼重要人物，但他們需要一位整形重建醫師走下來，服務恆春半島以南民眾的不便。

我不知道枋醫整外會不會成功，但我知道的是，只要我在那的每一天，我會很積極的面對那一切，我不會讓自己苟且怠惰的度日。我也擔心過，我會變小鎮的醫師，足不出戶，不學無術，故步自封等等。但我會強迫自己，整外、美外學會的上課和年會，我一定要參加，以及跟同學、老師們保持聯繫和資訊暢通，我才不會落得鄉下醫師一枚，未老先衰。

我跟蘇院長提過，義大整外是我的家，老師們對我很好，我希望以後有什麼處理不來的，我可以轉介給義大，而不是長庚，院長也說沒問題。（他們和長庚建教合作）往後的外賓演講和科內重大的慶典，我希望我還能夠回來參加，這裡是我的家，我在這裡長大。希望我的離開，可以像是義大整外的枝葉往外擴展，還能帶給你們一些驕傲和期許。

雖然現在不至於像諸葛亮出師表般，臨表涕泣的提寫，但一樣是複雜的心情，看著這些文字，有點不知所云。

老師，希望我還能這樣一直稱呼您。希望您不要震怒而失望。

對不起。

不才學生

四、醫學中心輪訓記

二〇一七年一月嘉義長庚醫院

承蒙院方及科內同仁的幫忙和成全，今年的一月我已經完成在嘉義長庚醫院整形外科的輪訓，而今繼續前往台中中國醫藥大學附設醫院學習。

在嘉義長庚，我跟著醫療副院長林志鴻教授一個月整，在這段期間裡，他帶領著團隊及我進行了許多顯微淋巴血管吻合術、快速自由腓骨皮瓣手術、口腔嚴重攣縮的放鬆，和雙側自由皮瓣的手術、肌腱轉移……等等，經歷許多較罕見的手術或是不同的處理方式。

例如，從常規上來說，取下自由腓骨皮瓣約需一個多小時，如何可以進化到三十分鐘，其中的關鍵為何。或是，對於日益多見的下肢淋巴水腫問題，如保守性的物理、復健式治療方法外，其他的方式如在顯微鏡下用 Nylon 11-0 或是 12-0 來做淋巴血管吻合術，在術後次日隨即有非常顯著的臨床改善，和非常高的病人滿意度及回饋等。

亦或口腔癌化療、電療術後，嚴重的口腔黏膜攣縮，除了將纖維化的口腔黏膜切除更換新的自由皮瓣外，也同時從口內截斷下頜骨喙狀突，放鬆已經疤痕化的顳骨肌，使手術後口腔可以張開放鬆的程度，更顯益彰。

以及，如創傷或感染術後，部分關鍵肌腱或是運動神經已受損或壞死，手部功能非常的有限，透過肌腱轉移手術，病人可以在術後立即性的回復一定程度的手部基本功能，非常的神奇！以及許許多多手術當中的小技巧，和最重要的是老師本身的身教言教供我學習。

林副院長也反覆提到多數整形外科醫師在畢業之後隨即前往美容診所發展，而現今整形外科的顯微重建部分是最需要年輕一輩來接棒的地方，卻漸漸闕如而且擔心後繼無人，也勉勵我們要以醫師的職志來看待自己，不要只是和錢看齊。

老師每天的行程，從早上六點多查房，之後晨會，再進開刀房，事必躬親每一台刀，也要求每一台刀盡善盡美及詳實的手術紀錄及照片等等。

林副院長也是目前科馮冠明主任年輕時的老師，算是師公級的人物，老師行醫三十餘年來的生活作息，真是十年如一日，一路走來，始終如一，相當的令人敬佩，讓身為晚輩的我們沒有偷懶的藉口和理由。

恭喜林志鴻副院長，即將在今年的七月可能接任嘉義長庚院長一職，在馮冠明主任及鄭勝峯副院長的邀請下，三月份至義大醫院演講及參訪，這樣可以增加義大醫院和嘉義長庚的合作夥伴關係。

嘉義長庚輪訓制度，對於即將晉升的我們來說，獲益匪淺，除了手術上，精神和心態上的教育，更多於奉獻大醫院的職志，和每項手術盡善盡美要求的精神啟發。謝謝院方，以及鄭副院長和馮主任的幫忙及成全。

學習重點：

1. 顯微淋巴血管吻合術。

2. 快速自由腓骨皮瓣手術。

3. 盡善盡美做事的身教，三十年如一日。

〈總醫師各醫學中心輪訓遊記〉《台灣醫界雜誌》，2020, Vol. 63, No 1, P50~55.

左起 美麗的林口長庚住院醫師、嘉義長庚現任院長林志鴻醫師、作者楊沂勳醫師

二〇一七年二月台中中國醫藥大學

二月份在科內和院方的支持下，我到了台中中國醫藥大學整形外科，跟陳宏碁院長一個月。早在進入義大整形外科前，那時候的開院院長就是陳宏碁教授，一直到我後來進入義大醫院外科部服務時，才知道陳院長已經離開了，所以對陳前院長一直沒有真正的受他教導過，這次來到了中國附醫整形外科，也算是完成了這個缺憾。

在這裡，如同台灣整形外科界所聞的，陳院長是一個精力充沛、創意無限的外科醫師，星期一到五的行程每天排滿滿的，門診時間都是早上到晚上，開刀時間都是早上到半夜，十年如一日，如今已年過七十歲的教授，這樣充沛的活力真是令晚輩的我汗顏。

門診裡，老師的病人從三歲的小朋友到八、九十歲的老嫗都有，許多都是，老師看著他們長大的，這些病人從小時候開刀完，到後來二、三十年後陸續來追蹤的都有，老師的記憶力非常的好，看著病人的臉龐後，之後就轉過頭來跟我娓娓道來這位病患做過了那些手術，這些年的進展……等等，每個術式和過程就這樣烙印在他的腦海裡，如數家珍般。這些病人跟老師的關係，與其說是良好的醫病關係，我想說更多的是好久、好久的老朋友了。

開刀房裡，一星期有三天以上是院長的開刀日，每天都是早上八點半下刀到幾乎都是夜半，從小腸聲道食道重建、functional muscle transfer、free vascularized lymph node transfer，皮瓣重建術後的修飾、漏斗胸的顯微手術矯正……等，每天幾乎戰到半夜，我對老師的創意、體力，和膽大心細真是十足的佩服。

在中國附醫裡，同時間有五個外國 fellows，有來自秘魯、美國、義大利、瑞典和英國的外科醫師來跟院長學習，在那裏就像是國際村般，可以有語言的練習、文化的交流、更多的是從病灶，不同手術的討論、優點、缺點等等，大家會相互討論，之後跟院長報告，最後讓院長定奪用什麼方式來開。這樣的模式讓我相當的喜歡與陶醉，當然這個模式也是要一定程度以上的整形外科醫師才抓的到這樣的模式的精隨，我相當喜歡這樣同屬整外領域，卻來自不同國家的醫師們，大家一起討論術式、教學相長。

在院長的門診裡，我看著每個病人進來跟院長的互動，都是老朋友，病人們慢慢的講出近期的狀況，不見得是疾病相關，很多是最近生活上的點滴，或是跟醫療較不相關的話題，但也沒見院長想轉移話題或是中斷，他就是那樣的看著病人的雙眼，慢慢的聽他講、很有耐心。

聆聽病人說話讓我很受感動，我們是不是在追逐醫療獲利的競賽中慢慢地都忘卻掉了，在院長的門診裡，我看到了我們醫病溝通中最重要的一環——聆聽。

老師出了名的沒脾氣和好個性，我確實見證到了，但是老師並不是容易被蒙蔽或是欺騙，每個細節他都看在眼裡，讓我相當的驚訝。每個人的小小動作、言語、討論，他都看在眼裡、聽在耳裡，常冷不防地突然插入一段comments，讓在一旁小聲討論的我們嚇了一跳！眼觀四方、耳聽八方，我想老師確實都有，只是君子有所為、有所不為而已。

一個偉人豎立，都有它的時代意義，我很榮幸能有這樣的機會可以不只在書本裡看到院長，更能躬逢其盛。很謝謝科內和義大醫院院方的協助和支持，可以讓我們的整形外科部訓練非常的完善，謝謝！

學習重點：

1. 世界各國的外國醫師齊聚學習討論、腦力激盪，臨床案例。
2. 開刀行雲流水，藝高膽大的時代偉人。
3. 行醫的初衷，藉以自我反省。

左起 作者楊沂勳醫師、中國醫藥大學附設醫院院長陳宏基醫師

同時期科內的住院醫師們，左起第三位為作者楊沂勳醫師

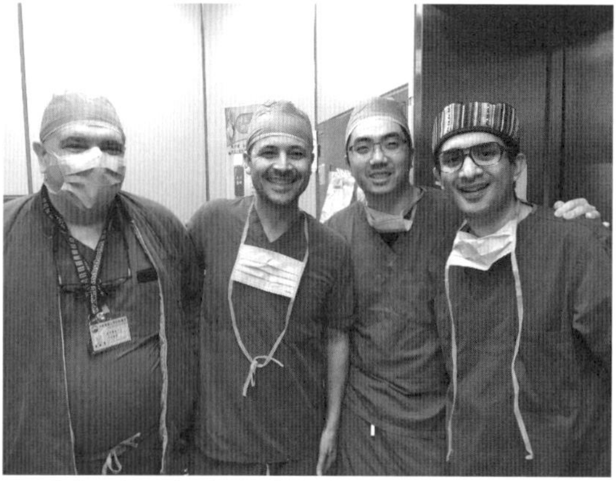

同時期科內有來自（左起）瑞典、義大利、作者楊沂勳醫師、祕魯的外國醫師前來學習

在中國醫藥大學裡，作者楊沂勳醫師遇到了之前在義大醫院的老同事們，工作後的餐敘。

二〇一七年三月台北國泰醫院

在三月的外訓裡，我來到了台北的國泰醫院，這個月裡我跟了陳明庭教授和蒲啟明主任一個月。

在國泰醫院裡，幾乎全國的血管瘤或是病變的治療，都集中在這裡了，在陳明庭教授的門診裡，我看到了來自北中南東部或是外島的國人，都來這裡求診，說老師是血管瘤治療的專家和權威真是實至名歸。此外，在開刀房裡，每星期四是陳教授的開刀日，每次都有十五、六台刀以上，在四、五個房間裡到處跳房、治療血管瘤，非常忙碌！在課本裡的血管瘤講解，相當的令人混淆且不容易抓到精髓，更在這裡一個月的外訓，我看到了許多臨床上的實例，真的是事半功倍的學習、更了解核心。

在陳教授的門診，活像是個小兒科門診一樣，五、六十個病人，大概八成以上都是小朋友或是嬰兒，所以在門診的治療裡，我們大家通力合作的抓小朋友、安撫、拆小朋友的縫線、打組織擴張的水球……等等，每次的門診像是打仗般也不為過。

此外，在國泰的美容中心裡，蒲啟明主任一整個月來全力的教導，我非常的感謝而且獲益良多，補足了我們醫美刀不足的學習。上下眼皮手術、乳暈重建、乳房組織擴張器、乳房植入物的處理、睫毛倒插、自體脂肪移植……等等，我密集的看到了許多美容相關的手術，真是大開眼界，這是台北國泰醫院的強項之一吧。

在這個月裡，我跟著陳教授走訪臺大數個會議，這位師公級的老師相處到後來，更像是自己的爺爺一樣，很親切、和藹，不太有距離，讓我感到很親切心暖。在那裏，雖然整體開刀房的刀量不如義大醫院多，但是住院醫師們的通力合作、不推諉，是讓我相當動容。此外，因相關的皮瓣重建數目不多，所以住院醫師們會全部留下來跟刀，以補足相關經驗，這是讓我相當訝異的。照顧陳教授的起居（教授八十三歲了），是每個住院醫師自動自發會做的事情，舉凡教授的通勤、用餐、門診瑣事、甚至是路上行人人來人往的衝撞，住院醫師都會處理的好好的，讓我覺得相當的窩心，老師不只是老師，他們已經把教授當長者、爺爺在照顧了。

此外，在三月的臨床工作之餘，我順利通過了台灣手外科醫學會專科醫師的考試，是另一項令人開心的消息！

在國泰醫院，不論是跟住院醫師、老師或是跟開刀房護理人員接觸的時間都很多，他們也相當的照顧，所以離別時候彼此還有些許的不捨，這是我一開始意想不到的！謝謝科內和院方的支持，我在台北國泰醫院，學習到了完整的血管瘤相關治療和不少的醫學美容手術，這都是我們在義大醫院比較闕如的手術，謝謝老師們的成全！

學習重點：

1. 全台灣血管瘤的集中地。
2. 台北市中心的美容刀教學。
3. 如何在量小及空間限縮的狀況下，充分應用軟硬體，完成整形外科學會嚴格的評鑑和訓練。

整形外科蒲啟明主任（左下一）和國泰住院醫師們邀約作者楊沂勳醫師的餐敘，但楊沂勳醫師當天家裡有急事提前離席，未能一同拍到照片，小缺憾。

楊沂勳醫師跟科內廖偉捷醫師工作後的吃飯小聚

二〇一七年四月台南成大醫院

在四月的外訓裡，我來到了台南成大醫院的整形外科。

成大醫院是一個歷史悠久的公立醫院，在地方上亨有盛名，是台南地區的後送和醫學急重症中心。初期，公家醫院、機構，應該會有許多的冗事、或是行政效率不彰、許多的文書工作及或行政人員怠惰……等等，給人以往刻板印象。出乎我意料的，在成大醫院裡，不只整形外科，整個醫院的人員、設備和行政速度等等，都不像是個龐大的公務系統在運行，反倒像是私人或是小醫院般的靈活和便捷，而在人員待遇和成本耗材管控，反倒比私人醫院優渥及寬鬆，這對於醫護人員來說是相當友善的工作環境，也難怪成大醫院被選為百大幸福企業之一了。

第一天我進入成大醫院的開刀房，在非常寬敞的更衣室裡，衛浴、廁所乾溼分離，主治醫師和住院醫師的更衣室也完全分開而獨立，清潔人員在裡面的打掃沒有停歇，更衣室裡面非常的乾淨、整潔和舒爽，沒有異味，讓我相當的驚喜！在外訓這麼多醫院後，我相信成大醫院應該是全國數一數二優良的開刀房更衣間設置，而且從這個小地方也可以看的出來院方對於外科醫師的重視。

這個月裡，我跟了李經維主任、謝式洲教授、何建良醫師、李曜州醫師、薛元毓醫師……等，我徘徊在這些大師間，看他們親力親為的完成了許多手術。在成大醫院的整形外科訓練裡，我的感受是，比較像主治醫師主刀制，而住院醫師更多時候像是助手般，很多時候只完成最後的縫合傷口部分。當然這樣的制度各有其優缺點，但是至少對每台刀都能有品質保證，此外也常常激發老師們許多創新或是不同的作法。李經維主任在美容手術、手外科和顱顏腮腺腫瘤……等等都有專長，謝式洲教授在困難慢性和創傷傷口方面的經驗、何建良與李曜州醫師的皮瓣重建有許多不同的思維，薛元毓醫師的滿載熱忱教學及強大的基礎研究學識背景等等，都是讓我滿載而歸的原因。此外，每每在台北的整形外科大型會議裡，成大醫院拿出來分享的案例都是水準之上，我想最大的原因在於主治醫師親力親為的風氣，讓 routine 的日常刀，也可以常常有許多腦力激盪後的火花和突破。

整形外科領域裡，手外科是相當重要的一環，而外科醫師也常常追求手術技巧的進步或是創新，但對於術後復健或職能治療這塊，我們往往請病人直接去復健科繼續努力，而後我們也就太不清楚後續的始末了。但是在成大醫院裡，手術與術後的手部復健，甚至是職能治療是整合在一起的，每周有固定的會議討論每個病人術後的恢復狀況、復健進度、進步的客觀化量表數據、職能方面的訓練、和病人回饋與外科或是復健科醫師的意見等等，這讓我感到震撼！這真的像是提供病人單一窗口般的整合醫療，而不是每完成一個階段

整形外科主任謝式洲醫師和復健科團隊們，針對每一個外傷的病人，術後的追蹤預後和定期開會討論哪裡有有進步的空間，讓外科醫師跟後續的復健科端，有完美的結合、醫療整合化。

後，就轉給下一個單位，而後彼此間的聯繫就中斷掉了。

近年來南臺灣幾次的大地震和重大的社會公傷事件，成大醫院幾乎都有所參與到這樣的戰役，是不幸、是挑戰，卻也是成長，成大整外在這樣許多的重大事件裡挺了下來，不論在學識、手術方面和行政速度等等，都是非常卓越的成績，完全不同於印象中的公立醫院，這是讓我相當敬佩的！

謝謝整外科內和院方的支持，讓我能有機會看到了台南的醫療重鎮——成大醫院，它果真是不負盛名！

學習重點：

1. 手外科的整合性治療及追蹤。
2. 主治醫師們不衝量的情況下，從容的思考和腦力激盪每一台刀最好的方式。
3. 幸福企業的風貌。

二〇一七年五月臺大醫院

五月的外訓裡，我來到了臺大附設醫院整形外科。

在臺大醫院這學術殿堂裡，像是台灣醫療啟蒙地一般，我很幸運的有這樣機會來這裡參訪。在當年十萬考生大軍裡，只有佼佼者中精英，才能有機會考上臺大醫科，而後進入臺大醫院服務，所以對一個台灣的醫學生來說，能有這樣的機會在院方的支持下來到臺大醫院，也算是圓了我一個過去不可及的夢想！

在古老斑駁的紅樓磚瓦裡，可以感受到歷史歲月的痕跡。臺大醫院這裡屬於中正一級特區，就在總統府附近，是國家的門面。許許多多的行政、人力資源在政府支持下，臺大都可以做到最大化，這是其他醫院所看不到的，就連臺大醫院裡面所有的保全都是直接為警察主管職級，讓我非常的訝異。多少在電視螢光幕前的重大事件、大大小小的政治事件、劃時代的重要決策等等，都是在這裡發生進行著，它像是個大舞台，編織著台灣醫療史的過去、現在，也參與著未來。

這裡的學生真的都是一時之選，在臨床上跟這些臺大醫學生討論一些專科問題的時候，雖然這些學生都尚未進入專科、甚至都還在學校上課，未領有醫師執照，但是在討論和報告裡，你會知道，他們 catch up 資訊的能力非常的快速，不管是理解能力或是記憶力等等，都是非常好的！而從他們反詰提問的問題中，你會知道他們理解到哪裡了，會讓人很訝異很多觀念自己是經年累月的釐清、證實、體會和應用，但這些學生似乎在初步的過程裡，非常快速躍進，我驚奇、我開心、我也些許的感嘆。但在總體的教學相長過程裡，你會理解古人所說的，「集天下英才而教之，人生一大樂事！」的快樂。

臺大的學術氣氛相當的濃厚，不管是整形外科，或是整個大外科裡都是如此，會議上的討論非常的熱絡，老師、學生們的提問此起彼落，很難停歇，到後來都是主席藉時間超過之故，做一個 section 的 closure。在這樣的自由學風裡，學生的成長和創意是無可限量的。記得在一次大外科的會議裡，外科部長有提到，他鼓勵所有的醫學生、住院醫師或是主治醫師，只要有問題，都可以直接詢問該科的總醫師、主治醫師等級以上的專家，或者是該科主任也沒關係。在臺大醫院的好處是，各式各樣的疑難雜症你都可以找到特定的專家來處理。如果你找該科的總醫師、主治醫師或是科主任詢問的時候被找麻煩，可以跟外科部長陳情，我親自來找這位貴醫師麻煩！語畢，真是滿堂彩和哄堂大笑。雖然話說有些許的戲劇般成分在裏頭沒錯，但是你能嗅得，「有問題就發問的風氣！」在這裡確實是被鼓勵和執行的，這樣自由學風的養成是相當不容易的！

在臺大整形外科一個月裡，我看到了眼周相關的美容手術、自由皮瓣各家作法的異同、甚至跟口腔外科及廠商共同合作研發出 fibula bone cutting guide and template，讓以往困難、乏味、耗時的 fibular bone contouring 變得簡單許多，而且有趣，而最後的成品外觀真的是非常的精準，真是讓人不得不體會「工欲善其事，必先利其器」這句話的意義。

此外，我也看到了男變女的生殖器變性手術，目前全台灣醫學中心裡，大概只有臺大在做了，也是讓我大開眼界的！

臺大住院醫師們的好客，也是讓我非常有感觸的，我們一起開刀、討論、讀書、開會、一起吃吃喝喝，他們的熱情實在讓我感念，這份友情我也銘記在心。

這段時間裡，承蒙戴浩志主任、鄭乃禎醫師、謝榮賢醫師、黃慧夫醫師等等的身教言教，獲益不少，特別是同窗張哲瑋總醫師的幫忙，我們也幾乎變成了很好的朋友，家人們也一起吃過飯、出遊，這也是外訓前意想不到的收穫。

謝謝院方和科內可以支持我到臺大醫院整形外科受訓，我完成了我心中的夢想和學習，也交到了一群很好的朋友！

學習重點：

1. 變性手術。
2. 3D 列印技術和自由腓骨皮瓣的完美結合。
3. 臺大醫院的紅樓磚瓦、風貌，和歷史建築。

楊沂勳醫師和戴浩志主任領軍的臺大整形外科團隊們，餐敘留影。

臺大醫院的殿堂，雖然楊沂勳醫師沒能考上，但總是來這裡走過一遭，也算是圓夢了。圖中是楊沂勳醫師和臺大醫院院長的人形看板合影，也算是一個自我解嘲的留影了。

五、我是整形醫師，我只能做醫美？

現今社會對金錢的追逐，各行各業皆是如此。醫療產業也難逃這樣的趨勢。其實這樣的生態不僅發生在台灣社會，舉世皆然。只要是資本主義掛帥的國度，我想都難逃這樣直白的檢視。

這些年來看到全國各大醫學年會慢慢的零落，內、外、婦、兒、急診五大科逐漸凋零，只有高含金率的美容醫學會或是自費術式等專題，才顯得門庭若市，其餘救苦、救難、救命的醫學研討會，真的是自救不暇了，會議期間可以用「門可羅雀」以形容。

記得以前一位前輩跟我說，這社會和世道就是遵守著一個原則運行，即是「錢在人在，錢散人散」。每個產業、世代、大潮流的起落皆是如此，我們能做的，就是順著這個趨勢而行，找到自己的定位，你可以順行、可以佇足觀望、當然也可以試著逆走高飛，但至於會有怎樣的結果，我們不談特例，大數據會告訴你可能後續的起落。

當時的我聽來覺得膚淺、義憤填膺，現在想來諷刺而真實。除了醫美，其他都乏人問津。

我是整形外科專科醫師，在大醫院裡做顯微手術、創傷、慢性傷口、燒燙傷、顏面骨折、急重症、癌症重建……等等處理，除此之外，還有許多評鑑、開會、病歷、行政等等，照護病人之外的事項，從早到晚、從週一到週日，最後拿到月薪，似乎在問自己：「是不是該走醫美了？」

這樣的感覺對我來說，更為明顯而強烈。因為我太太是皮膚科醫師，一天一個診，月末的薪資跟我差不多，但她多了好多好多時間在陪伴家人、小孩子或是做自己想做的事。所以有時候夜深人靜，我也忍不住捫心自問，我在做什麼？

過去幾個月來，我參加了許多醫學美容相關的活動和醫學會，往往從一大早八點準時開始，到晚上六、七點結束，連續三、四天不停歇的密集課程轟炸，醫師們將大會議室塞得滿滿的，全部屏息聆聽國際級大師關於美容和手術的精彩演講，而且不只台灣人，日、韓、中國、東南亞、歐美國家的醫師都前來參與。這種盛況一開始讓我非常吃驚，因為在台灣各大救命、重症及內外婦兒急診的年度醫學會裡，絕對看不到這樣萬人空巷般的殷切學習。

我並不是想要針貶時事，談心性般的高談闊論這樣的膚淺或不合理。我思考的是：我們都知道大趨勢的不可違抗，如果試圖阻擋，很多時候會像是螳臂擋車，而被這洪流所淹沒。但是我們要在這樣的洪流裡，找到自己當初入醫業的初衷：照護病人？承繼家業？穩定的高收入職業？父母的期待？分數到了？我想其實都不違背，也沒有所謂的對錯，因為我們一邊在執行專業醫療救治病人的同時，還可以養家餬口，這就是很大的恩典。

回到自己的初衷。

近日和跟一些朋友、鄰居們聚會，他們問我，為什麼不乾脆離開大醫院去診所作醫美？錢多事少離家近，又比較不會有生命危險相關的議題和糾紛。我平心想了想，回答：「在大醫院裡做的事情，我比較有成就感。」

「那成就感是什麼？」

「應該就是你看著病人，重病來到醫院，而後安全無虞的回家。在門診回診時，看他們和家屬殷切的回來跟你打招呼，帶著自己殺的雞鴨魚肉或是親手做的油飯，或是一封簡單親手寫的謝函，此外，言行間充滿了無限的感激和熱情，而後續讓我心中油然而生那種暖意，我想那就是成就感吧！」

前些日子，我台積電的朋友跟我聊到，當你年薪破百的時候，你還在嫌棄薪水不夠，是真的錢的問題，還是我們自己的問題？太多事情沒有答案，太多東西可以思考，但心存感恩、正向和積極，是我告訴自己要堅持的。

謝謝還駐留在大醫院工作崗位上，救苦、救難、救命的醫師們，有你們真好。我們一起努力。

〈我是整形醫師，為什麼不去做醫美？〉《天下雜誌》，2017/10/01.

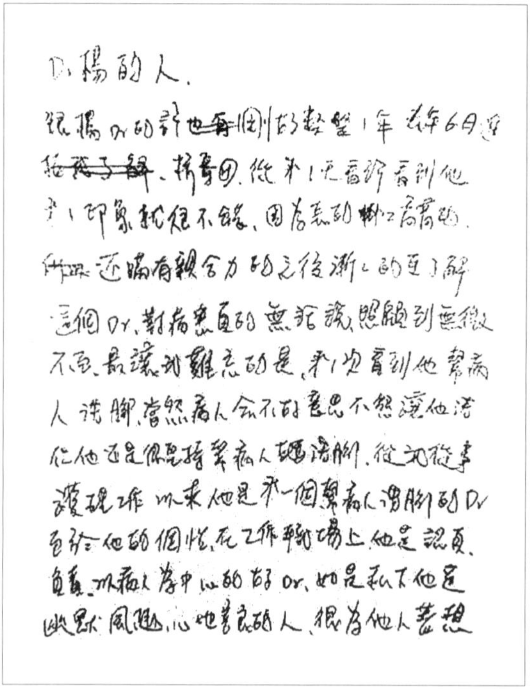

Dr.楊的人，

跟楊Dr.的許~~也有~~個別的接觸1年，去年6月逐~~漸了解~~、接觸，從我1天看診看到他

的印象就很不錯，因為看到辦公室高高的。

所以還蠻有親合力的之後漸漸的更了解

這個Dr.，對病患真的無話說，照顧到無微

不至，最讓我難忘的是，我1次看到他幫病

人洗腳，當然病人會不好意思不想讓他洗

但他還是很堅持幫病人繼續洗腳，從我從事

護理工作以來他是第一個幫病人洗腳的Dr

至於他的個性，在工作職場上他是認真、

負責、以病人為中心的好Dr.，而是私下他是

幽默風趣，心地善良的人，很為他人著想

六、菁英主義教育造就社會的失意

走入書局、打開螢幕，印入眼簾的都是當期「封面人物」——業績高手、金牌銷售員、年薪千萬的成功人士、社會賢達或紅頂商人，訴說著自己不平凡的際遇，如何突破種種障礙和荊棘，如今步入康莊大道……。讀了這樣的書十幾年後，我總覺得哪裡怪怪的。

鎂光燈外的八成大眾

我們的社會不需要每個人都很成功，每個人都賺大錢，或是每個人都飛黃騰達、叱咤風雲。但我們要盡可能讓每個人努力過活、安居樂業、各司其職、內心富足。

如今看到坊間書籍的介紹「我如何在二十歲前賺到第一桶金？我如何在三十歲前完成我的偉大夢想？我如何從A走到A++……」總不禁想：那其他80%的社會大眾呢？他們是過著不成功而失意的生活

嗎？那些成功人士的故事，在一般大眾的眼裡，會不會觸動他們內心的一個問號：「為什麼別人這麼成功，我卻這麼失敗而平凡？」

奇怪的是，這樣的疑問可能是發生在80%的社會中堅份子身上，我們最重要的中產階級。他們撐起國家最重要的政治經濟發展，我們的社會氛圍卻反覆戳弄著他們內心的不安。

一位公車司機，從年輕到老都本著運將的職責，開車技術純熟專業、奉公守法，不論是對乘客或是行人來說都是安全和福氣。傳統產業線上的女工，一日復一日的操作；工地的勞工朋友，在危險的環境裡進出，搬運重物、傷痕累累。他們的勞動汗水都是真實的生產力，比起炒房產、股市、外匯而賺大錢卻不事生產的人，偉大太多了！但在這資本主義掛帥的社會裡，卻不時被拿來當作不讀書的負面教材，來說教給小朋友聽。多麼傷人！試問，他如果是你爸爸，你會是驕傲、感動、心疼，還是羞赧且鄙視？

不幸的是，我們的社會常常笑貧不笑娼，用怎麼樣的方式有錢都沒人管，但就是不能窮著喊正義。

社會過度的強調菁英主義、去蕪存菁，「沒有不景氣，只有不爭氣」的言論漫天飛舞，但有人想到賽局裡其他 80% 的人嗎？他們何去何從？

我想到以前中小學的升學教育，80% 的資源和關注，都落在 20% 名列前茅的同學身上，而後 80% 的同學常被忽略或是放棄。但奇怪的是，學校如果沒有這後 80% 的同學在，又組不成一間學校，換言之，老師、教官、校長們的工作也都不保了。所以你能說這 80% 的學生不重要嗎？

真的是 80% 的人不夠優秀，該被社會淘汰嗎？我想主要還是餅不夠大的問題。為了弭平資源不足而又人心浮動的險境，社會制度設立了一些看似平等的門檻，讓能擠入窄門 20%80% 的人飽食，而 80% 的人吃不飽但也餓不死。因為從小就被洗腦，是自己的不努力、不聰明，才造就這樣的今天，怪不了人，而把希望寄託在下一代。

這讓我不禁想起電影《黑暗騎士：黎明昇起》的經典對話：「要讓人真正感到絕望很簡單，讓他們『以為』有希望就可以了。」

那80%的人，有人後續轉行闖蕩、有人安於現狀，也有人滿懷喪志，怨懟社會，甚至作出報復性的舉動，並不是針對誰，而只是想跟這個社會讓他不安的氣氛對抗：反正社會就歸類我是一個魯蛇，不會更差了！

心態調適得好就是社會化，調適不好就被歸為反社會化或是病態，成為下一個無差別攻擊的孤狼。我們從小到大的學校教育、社會拱菁英主義，難道沒有責任嗎？

社會菁英縱然重要，但沒有80%的大眾一同來組成社會，20%的菁英怎麼可能坐擁優渥的成果？有80%的中產階級穩定著這社會的結構，那20%的菁英怎麼能不常存感恩呢？

珍惜「匠心精神」

我不是說到這社會不該有成長勵志書，而是希望有更多的故事、力量和資源，還給80%的市井小民。我很希望國家教育可以好好扎根，讓「一生懸命」的匠心精神，在每個人心裡發芽。我們的確需要的將士之才，引領大家走出混沌不明的未來，但我們不需要一萬個周杰倫、一萬個郭台銘或是一萬個張忠謀。

在我們推崇這些「成功者」的同時，也不要忘了：誰來當觀眾？誰來當生產線上的作業員？誰來當最基層的工程師？我們把社會的資源、讚美和舞台全給了20%的菁英，忘卻了80%大眾的價值。這危險的鋼索行走，輕則社會動盪，重則動搖國本。戒之、戒之。

〈菁英主義的社會，讓80%的人都失意〉《天下雜誌》，2017/10/12

千里相送，終須一別。

七、何為無效醫療？

醫療院所裡，常常看到年邁或生命末期的病人，隨著疾病的變化、身體衡定的失調，一步步自然的走向凋零，卻被滿是不捨的家人拖著，反覆的在鬼門關前後遊走，一次次體會生死交錯的痛苦。

在防禦性醫療已形成下的醫病網絡，用著健保吃到飽的資源，醫生只能隨著家屬的期待而起舞，救到底？葉克膜？給我最好的藥？什麼是正當的醫療，很多醫生沒了方向。

醫師在健保審核和家屬、病患期待間的夾縫遊走，試著取得平衡，但一個失足，盡心盡力的醫療卻淪為被家屬告上法院，視草菅人命或醫療過程有瑕疵，安家費的來源。盡心力的醫療未能賺到餬口家裡大小的薪水太多，卻又被健保核刪及加乘數十倍至百倍的天價賠償。何其有幸。

六大科別的凋零，大部分尚為留下的老中壯年醫師，有人說，不滿意現況的話可以轉換跑道阿？談何容易，從事醫業的醫生們打從二十五、二十六歲出社會後便在這圈頭裡打轉，做了一、二十年後，轉業？大部分只能卑微的期待自己不會落為階下囚。

醫療重點科別的人力一一出走，轉入低風險高報酬的醫美行業，醫界漸漸感受到這樣氣氛的嚴重性，開始促使衛生署及政府推動醫療去刑化的法則（舉世界各國已開發國家為例，只有台灣將醫療「失敗或不合意」刑責化），以拯救崩壞的頹勢。法界人士這時跳出來阻擋，強以低定罪率、可能違憲、不盡公平正義等等說詞予以阻擋，司馬昭之心？不言而喻。

如今陷入這樣的僵局，一樣無法改善崩解中的醫療，就這樣，我告訴自己，能做的就是努力認識六大科醫護人員，為日後自己或是家人找救苦、救命的醫生，不是菩薩。

史學家對希特勒的崛起，繼而興起二次世界大戰有句評論：

"The only thing necessary for the triumph of evil is for good men to do nothing"

意味，對於現今崩解中的救命科別，日後會有可預見的荒原醫療，而我們現在的作為竟是沒有作為。日後子孫所面臨的荒原醫療，我們都要負起歷史上共犯的罪業。因為我們視而不見卻繼續坐享台灣健保醫療而不節制，正在助長惡魔的崛起。

語後記，請容許我寫下一則故事。

一名約為六十歲左右的男性，在偶然的健康檢查裡發現了肝部腫瘤，經一連串檢查後證實為早期的肝癌，幾經家屬病人和醫師討論後，決定要切除部分肝葉來根除初期的肝癌。手術前中後都很順利，但在術後約一星期左右，病人吃東西不小心嗆入氣管，而後吸入性肺炎、缺氧、呼吸窘迫和敗血症接續發生，最後插完管後轉入加護病房治療。

初到加護病房，病人敗血性休克的狀況非常的差，幾乎是命在旦夕，不僅肺部功能受到影響，心臟、腎臟、肝臟、血液、營養吸收……等等無一不被接續影響著。但令人感到不捨的是，病人的意識狀況從頭到尾幾乎是清醒的，有禮貌、和氣、很有教養的一位老先生，即便在全身盡是侵入性管路不適的情況下，每每我們醫護做完治療，他便是點頭的答謝、揮手致意。

在數個月間，幾乎舉全院醫療資源及通團隊的合作，五臟六腑的失衡也慢慢的改善。而最後僅存的問題，就是呼吸用的氣管內管無法拔除，而家屬也拒絕作上氣切，因此再經一番討論溝通後，決定轉往呼吸治療中心做長期的呼吸訓練抗戰。

但在即將轉出加護病房的前夕，忽然間，病人口鼻和腸胃開始大量出血，經過緊急檢查後發現為食道靜脈賁張破裂而出血，這是常見於肝癌病人的致命併發症。

在止血針、補充凝血因子、輸血、胃鏡探查、止血注射、灼燒、綁橡皮……等等都失敗後，病人身體狀況又差到沒有再次開刀的本錢（可能一經全身麻醉後，人就走了），最後請出了古老的 SB tube（Sengstaken-Blakemore tube）。這是一種將可打氣的管路插到食道和胃後，打撐起來的工具，藉由打撐食道這段的管路去壓迫破裂的食道靜脈來止血。初期止血的成功機會高，但後期會產生的併發症令人卻步，就是舉凡 SB tube 壓迫過的地方，之後可能會全面性的糜爛掉，就像是場浮士德的魔鬼交易，先拯救即將逝去的靈魂，之後的，再說吧。

病人用上 SB tube 初期，腸胃口鼻的出血量少了許多，可是一旦放掉，滾滾鮮血不停再次冒出，有可能在十、二十分鐘內就會走掉。但如預期的，食道糜爛的併發症在近一星期後反襲上身來，連 SB tube 也阻擋不住的再次大量出血。就這樣，血一袋袋的輸，凝血因子、血紅素、血小板、全血……等等，在家屬無法接受的情況下，每天數十袋以上、一兩萬 CC 的血，好幾次全醫院的血都被輸光。看著一邊輸血，一邊拉血、吐血的場景，我忘不了。

可以做關鍵決定的家屬——太太，沒有辦法親自來探視先生，一來是不忍心，二來是子女擔心媽媽看爸爸現況後會受不了而崩潰，就這樣，子女們領著母親的「救到底」的聖旨，以及舉「不能接受」的槍矛對著醫護，這樣的醫療持續了好久。

大量的血庫資源全都給了這位回不來的病人。沒有激情，沒有對立，沒有是非對錯，試問，開刀房需要緊急輸血怎麼辦？我不知道。

在加護病房中我親自照顧這位病人，從他清醒時分準備轉到呼吸治療中心，到滿身管路到處是血的身軀，原本都尚為清醒的他，在幾番大出血後，也陷入昏迷再也沒醒過。我站在床邊看著他，想像是我的親人，不禁悲從中來。

我靠在床邊低聲對他說：「我不知道你聽不聽的到，也不知道是不是真的有託夢這樣的事情，但看著你每天這樣受苦，五花大綁、全身管路和一直吐血、拉血，我們無一不為你感到難過。你若有靈的話，托夢給你太太吧，叫她放手讓你走，你在煉獄裡。」

不知道是巧合還是冥冥中有註定，隔天的凌晨時分，家人來接爸爸回家了。

無效醫療？我不知道，不想被舞著道德大纛的人士謾罵為不尊重生命，但是這樣醫療下，是不是嚴重的不尊重其他的生命？

生死有命，終須一別，我的生命如果可以的話，請讓我自己做主，愛我的人為我作下決定，但為何要讓我離世前對這綺麗的世界，留下滿是的恐懼、煎熬和煉獄折磨般的句點？你愛我嗎？

就是知道這世界的不美好，才會讓人努力的去追求更好，一起加油吧。

〈何為無效醫療？〉《台灣醫界雜誌》，2013, Vol.56, No.7, P50~51.

八、再走近一點，你會知道我在幫你

內容簡介

何謂醫療？我以為的醫療該是善盡告知的義務、提供正面的身心靈支持給患者、竭盡自己所學的專業去減輕病人的痛苦。但醫療在崩解，醫師面對病人幾乎無一不用防禦性醫療；病人對醫師專業的尊重，隨著醫療吃到飽的健保制度，逐漸的流失；對於醫病關係該是天秤自居的法官，卻常以自解的醫學理論，判出許許多多不正義的正義。醫療確實在崩解，但捨此，我無處可去。

全文

「學長、學長，我是值 W1 班的學弟小明啦！我現在這裡有個病人可能是肺炎及積水引起的敗血性休克，血壓一直在掉，周邊血管護士小姐們都打不上，加護病房我已經訂床了，不過現在沒空床要等，我打算先打上中央靜脈導管來幫忙拉血壓和補水，不過都打不上啦！學長、學長，你可以來幫忙嗎？！很急、很急呀！」

看著現場大大小小的救兵和一團護理人員忙手忙腳的幫病人做相關的醫療處置，但病情還是持續在惡化當中……。忽然間，有人問起，「聯絡家屬了嗎？」當天值班的小明醫師才想到，剛剛只聯絡了今天的總值和主治醫師，倒沒先請看護聯絡家屬。

五分鐘後，電話通了，電話一端的家屬被告親人病情的時候，電話中倒也分不清是忿忿不平還是乾著急的情緒失控，總之，便是要來醫院了。而電話上頭先詢問到可能的侵入性處置和插管事宜，家屬堅決到現場才能做決定。

因此，家屬來前多的近個半小時，醫護人員圍在病人旁，盡可能的先用上家屬「還能接受的醫療」，大夥兒試著勉強維持住病人的呼吸道及血壓，但事與願違，眼睜睜看著病人持續在缺氧，昇壓劑用了血壓還是拉不上來，而一些關鍵性的侵入性胸管、氣管內管……等等，家屬堅決到現場才能決定……

就這樣，一點一滴看著病人在變壞，即便最後家屬到了決定要急救到底，但這樣快半個小時的低血壓和缺氧，說實在的，小明也不知道病人會不會醒……

就這樣，小明一邊在思索、一邊在做醫療處置的同時，有人又忽然冒出一句話：「家屬電話中聽起來如何？可以接受嗎？」

小明愣了半晌，喃喃自語的說著：「家屬可以接受？家屬不可以接受什麼？……」在小明當時的世界裡，遇到這樣緊急的情況，該做的便是：善盡告知的義務、按照醫療的 SOP 走、告知主治醫師病人的情形。那，「家屬不能接受什麼？……」小明問著自己。

一年過了，這段期間下來，小明也偶而聽到主治醫師問起護理人員或是在病情討論時提到，「家屬可以接受嗎？」這樣的回應。

一年前，小明說不出被釘在當下的感受是什麼。

一年後，小明漸漸的明白到那是一種痛，一種自己害怕，去面對、去承受的畸形……

他難過想著：

我難過，因為當你在全力搶救病人的同時，卻要被莫名的恐懼襲身，擔心會不會有潛在的醫糾？

我難過，因為醫護人員在爭取黃金時間為病人搶救的同時，卻常被家屬以不確定、尚未決定等理由，一點一滴的把自己的親人往鬼門關前送去……

我難過，因為當所有醫護人員按照標準程序在醫治病人的同時，卻還要擔心病人或是家屬心情上是不是滿意，會不會提出無謂的告訴來煩心。

我難過，因為新聞報導天價般的醫療賠償時，很多是不乏衛生署已核定為無過失，卻還被法官以自解的醫學理論，自由心證的判賠天價或是牢獄之災。

我難過，因為走在路上看到路倒或是車禍現場，有滿股熱血想衝下車幫忙，卻又要擔心過程只要有些許瑕疵，都有可能反被家屬控告為害死病人的關鍵。

我難過，因為昨天剛值完班，今天上完一天刀後，回家還要繼續做報告不能睡覺的同時，電視機的另一端有人在大放厥詞幹譙著現在的醫生沒醫德、只顧著賺錢等等，卻沒人出來反駁……

我難過，因為當外國人慕名台灣醫療而來的同時，很多民眾卻以陽春來形容自己國家的健保，額外花費兩、三倍的錢去保很難要到賠償的醫療險，卻不願花半毛錢買用在自己身上的醫藥料材，更反要求醫院要全全提供……

我難過，因為眼睜睜看著醫療在崩壞的同時，我們卻也只能繼續這樣滿路荊棘的道路往前走，因為捨此，我無處可去。

但我依舊微笑。

我微笑，因為醫學，讓我可以用所學，在自己的崗位上幫助病人、減輕人類的痛苦。

我微笑，因為國人在見識外國報章媒體讚賞台灣醫療之後，也漸漸體會到寶島上醫療資源的可貴與身在其中的幸福。

我微笑，因為在拖著一身疲憊睡完大覺後的我，隔天一樣還可以精神奕奕的，讓學識與病人的健康在並進。

我微笑，因為在這民粹掛帥的社會風氣下，如玻璃娃娃事件判刑善良的人，讓這社會震驚，也開始思考「善良的莎瑪莉安」法條存在的必要性與否。

我微笑，因為在醫療糾紛層出不窮下，醫師們也開始反覆思考給病人最好的下一步是什麼，而給家屬的解釋也趨於變多和完整，不再是我小時候腦海裡醫生伯伯的高傲和不可侵犯性。

我微笑，因為自己盡全力醫治病人，家屬卻以不能接受來興訟想要「誠意」的當下，我知道，我比病人久未出現的兒女更對得起他們自己的爸爸、媽媽。

我微笑，因為在等待家屬趕來醫院的路上，我可以對意識尚為清楚的病人解釋他的病情，讓他自己簽下有效力的同意書，尊嚴的選擇自己辭世的方式，不再是被愚孝的兒女間接插了管後，留在醫院的機器運轉聲裡，心惦著家，遺憾到離世。

我微笑，因為知道在醫治病人的同時，我只有再多念點書、更精進自己的學識，才對得起自己手上的病人，其次，才是法官眼裡自解的正義。

「家屬能接受嗎？」

這次在回答這樣問題前，我先問過自己：「我對的起病人嗎？」

於此，我想大多數的醫師是問心無愧的。

我們不是在街頭賣藝、譁眾取寵的藝妓，只是一群在盡全力幫助你和你家人那大醫院裡的小醫師，如此而已。

〈再走近一點，你會發現我在幫你〉《台灣醫界雜誌》，2012, Vol.55, No.1, P59~60.

九、天道酬勤

那天跟診所前輩聊到，住院醫師時期，聊到一件趣事，

記得記得……

剛當住院醫師時候（十幾年前了），有一天，run 到傳說中的魔王科，裡面的魔王亦即高壓、病人超多、超電、超累的科和大老，其實每個要去 run 的學生，都會很抖、很擔心，我也不例外。

老師每天早上七點或是六點四十～五十查房，病人很多，平均是二十個上下。因為大科。幾乎每天都有抽血的檢驗數據出來（要前後天比較）。引流管的量，第一隻、第二隻、第三隻，位置在哪？（要前後天比較，有時候護理人員還沒寫上，你要去追她們）病人基本的血壓心跳呼吸數（前後天比較），或是，昨天晚上值班夜裡，病人有沒有什麼事情？……等等。

老師查房時候，冷不防的都會問一下，每個快速的走看病人，都是以秒計時，講太慢或是講錯，他不會再問你，會轉頭問其他資深的。

聽說：

如果他問幾次後，都沒結果，就不會再問你了，以後就會只問醫師助理或是總醫師或是年輕的主治醫師。今後查房你會被甩在人群後面。

亦即——————厘無效阿啦～～～

所以，

那時候年小志氣高的我，為了要符合老師的期待，他查房之前，要先看過病人。所有昨天值班的病歷醫囑都要翻過一次，抄抽血數據，比較前天或是大前天，記引流管的量等等，病人目前的用藥有什麼？會診醫師的回覆是什麼？會診醫師建議的事項我們跟上了嗎？……等等。

我平均都要比他早一個小時到護理站，每個護理站和病房，到處奔波。而我舊家離醫院半小時車程，我起床又習慣東摸摸西摸摸，要半小時的準備和盥洗。換句話說，他七點查房，我六點到護理站，我家裡五點要準時起床。老師偶爾六點半查房，我就是四點半起床。

有一天，他說道：「我明天有點事，我們明天六點查房。」

乾∫∫∫

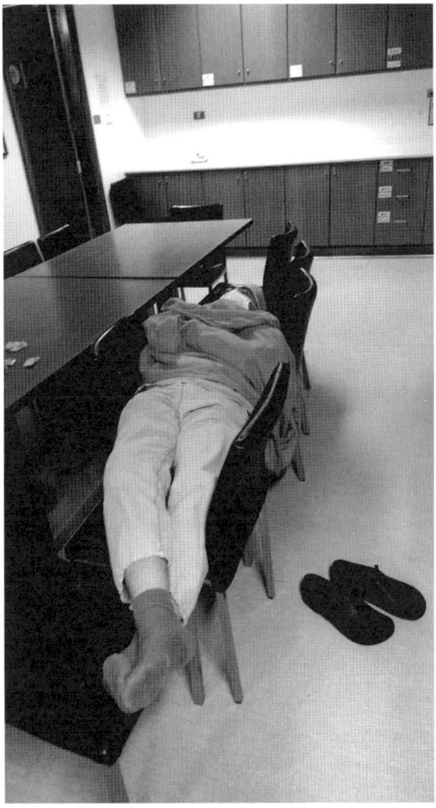

我心裡想，我不睡總行吧！老子跟你拼了～～！！！

我就四點從家裡起床，輸人不輸陣，我腦袋不如老師，體力總行吧～～～～

（早上查房只是一開始，後來有開刀、急診、門診、病歷、教學、雜事、開會、一個月八到十天的二十四小時值班……等等等等。）

後來，我總醫師外訓時候，也是遇到魔王級的老師，早上六點半查房的。

也是一樣，天未亮就要出門，他查房你一問三不知，他就會野放你，放生了拉～～～

好些年了。

近日在診所跟其他老師談到這樣的趣事，揮手一笑！只是，這些年我也長大了，我也帶過很多學生了，慢慢也知道，老師們那些年、那些事，背後的用心和想法，老師們有自己既定的步調，不會因為每個月、每週來的醫學生，或是住院醫師有所改變。

十年如一日。

來run的學生，可以跟的上，最好。跟不上的，沒關係，老師們也大概知道你的底，到那裡——問，不會沒關係，但是要每天、每天的進步。而準時，或是提早到醫院來準備，那是基本功。如果連基本功都沒有，這樣的態度，其實就輸一半了，以後會窒步難行。

十幾年前，該老師也知道我確定沒有要走該科，我還這麼拼，其實也不是run到該科這樣而已。是run每科，我大概都是這個死樣子，心裡一句話——我跟你拼了～～～～～～！！

好些年了

老師們的潛移默化

我也植在心裡
早起做事是基本功
會跟不會一回事
態度有沒有認真
才是老師看你的關鍵
天道酬勤呀～

〈天道酬勤〉《屏東縣醫師公會會刊》，2020/08，第三版

十、你的苦，到底是不是苦？

近日跟一位友人吃飯，閒話家常。席間她問到，楊醫師，你們分開多久了？

我說，三年了吧。她很驚訝這麼久了，不過她提到，她很替僑僑感到安心、放心因為她覺得我很用心照顧著孩子，孩子一定會感受到的。

她提到，她也是離異家庭長大的孩子，應該說，是她阿嬤帶大她跟哥哥兩個人。她的爸爸、媽媽都有各自自己的生活和精彩，鮮少來問過他們兩個。

其實，我很訝異，她是來自這樣的原生家庭，因為感覺，她就是一個逆來順受，很正向，好像沒有什麼脾氣的人，我不知道她來自這樣的背景。我問很多，在她願意透漏的情況下，她告訴了我一些。我提到，其實我不是真的很好奇你的過去，而是我想知道，離異家庭長大的孩子內心會是如何？我想要或多或少的預見，孩子以後可能會遇到的問題，希望能有一些準備。

她提到，她爸爸家暴了媽媽一段時日，記得小二的時候，有一天，媽媽就突然不告而別，消失了！後續再見到媽媽的時候，是小六的時候，而那四、五年期間，沒有任何媽媽的消息或是電話。

她說道，我媽媽是小時候會念床邊故事，哄她睡覺的那種媽媽喔！但是，有一天，好像什麼都突然不見了（我知道那種感覺），她和哥哥跟著爸爸生活了一段時間（阿嬤接手之前），也有遭遇過家暴，爸爸要把他們兩個小孩往死裡打……

我問到，媽媽的離開，如果是因為家暴，難道她不擔心，爸爸也會對你們兩個孩子家暴嗎？怎麼會四、五年都沒消沒息的？沒來關心兩個孩子？

她提到，她也不知道，不過媽媽那時候，也沒能力撫養他們兩個孩子，所以她可以理解媽媽的離開，不會真的恨她。

爸爸也自己生活精彩，其實，是阿嬤帶大他們兩個的，雖然後來哥哥跟她都長大了，有能力報復反擊了，不過，她們兄妹倆，現在反而選擇，照顧當初離開他們的爸爸和媽媽，他們現在都有疾病在身。

在這成長的日子裡，她提到最瘋狂的時候，就是帶著六百塊台幣，從高雄到台北打拼，準備報考藝人，想要接通告，看有沒有機會被誰賞識，後來能鹹魚翻身。

（想當然爾，沒當上藝人……）

那些日子苦，她住在朋友家裡，朋友也是租房子在外，不跟她收錢。她們兩個常常在統一超商外，等半夜要打掉的即期品，跟店長要……所以，她們兩個吃過了好多麵包、便當、牛奶和水果……等等，雖然是即期品，不過也沒真的吃出了什麼問題過，重點都是免費的！

她帶六百塊上台北那年，她十九歲，她只有高中學歷，就開始到處工作和求職的生活。後來慢慢的，經濟情況比較穩定了，有些長輩告訴她，高中畢業不夠的，你要去拿個大學文憑才行！後續來，她也從善如流的，去完成了大學學歷。

多年來，她在各個地方工作過，兩岸三地，也遇過非常無理對她咆哮、無理取鬧的客人，都有。不過她說，因為經歷過那些，所以現在在職場上，遇到怎樣的言語暴力、霸凌或是不合理的對待，她覺得好像都還好了……

她提到，沒有小時候的苦（我懂那種感覺……）我聽了，很替她難過和不捨……她講述的過程，我不自覺的，輕嘆了數次。

她問到，楊醫師，你常常嘆氣？

我說到，不是的～，只是聽了妳的故事，我會覺得，很多我們認為的苦，或是醫生認為的苦，根本不算是苦。

我們每個人都有自己的故事

但我的故事跟你的比起來
真的不算是什麼了
我為你感到不捨
也很欣慰妳的成長
和持續正向的力量
我知道妳會越來越好的
已經柳暗花明了
我們一起努力加油吧~

十一、孩子，這不是我要給你的

這兩天有些輸入，彼此有點衝擊，其實跟自己本來的價值觀，沒有太大差異。但總是，有部分再加強了，有部分再放鬆了。

星期六群英醫學忘年會之前，老師們請到一位大師來演講分享，這三、四年來的成名之路，如何從默默無聞到一個國際大師，相對的，業績也爆炸性的成長。尤其在這兩年。學長也說到，他能量可以到的天花板，還沒到。他認為他可以作到五百台／年。一時間，全場譁然，讚嘆聲不絕於耳……

其實我也很佩服學長這些年的努力，這些成果真的實至名歸，當之無愧。但，我心裡的某一塊在作動，我心裡 OS 的發問，學長，一年五百台之後呢？我沒能問出來，因為我自己知道答案。

我知道，那不是我想要的。

其實，我目前一年大概八百～一千台。當然，是 Operations of insignificance。

如果以財富 CP 值定義來說。

星期天，看了一部，極力被推薦的動畫影片，Edward Huang 學長叫我一定要看《靈魂急轉彎（soul）》。不方便多說內容，會破壞影片的完整性，但只傳達一個重要的觀念，我們每個人來這世上，不是一定、註定要作什麼事情，要完成什麼了不起的事業，一定 born to be someone or something。

不用的～，而是，你來這世上真正的目的，是好好的體驗人生，春夏秋冬、喜怒哀樂，離愁、相思、痛苦、喜悅、等待、滿足、歡喜、驚訝、憂愁……等等，那都是生命裡，每一分、每一刻至心的體會，那才是你要把握的。

當你的想要（ie. 錢財和名聲）大過需要，很多、很多的時候：

（想要－需要）＝時間ｘ努力ｘ專注的〔額外投入〕＝B

A＝你給家人和自己的時間和陪伴

A＋B＝24小時／天

B的大量成長，帶動的就是A的急速下降，而B多帶來的錢財，你這輩子也用不完。此外，多餘的錢財，沒有良好的財務觀念教育給孩子（需要A，親情也需要A）這些遺產，其實會毀了你的孩子，變成遺毒。

每個人都有自己的志向

自己的火花

而火花

不代表你一定要完成什麼

而是

祂要你好好的體驗生命裡的每一分每一刻
上帝在宇宙的一角
看著地球上我們偏執的一群人
汲汲營營
虛擲人生
把自己當機器人在活著
不捨的 莞爾一笑

祂輕撫著
說著

孩子，放輕鬆～

我沒有功課給你

我只是要你來這世上

享受和體驗每一刻

靜下來看看街道的喧鬧

看看風追逐著樹葉

看看被水戲弄著、愛玩的魚

看看孩子被媽媽抱起的笑容

看看希臘女神 被凝結的美麗胴體

看看一口口美味食物，能帶給你的美好

孩子，那才是我要給你的

〈孩子，這不是我要給你的〉《台灣醫界雜誌》，2021/04 accepted

十二、心流

近日拜讀了《心流》這本書，發現和體會到：為什麼我一樣的時間裡，可以完成這麼多事情，被 TingTing Chang 稱為時間管理大師（非羅豬豬那種～）。其實想想，跟心流也有一定的關係。

心流不只存在於閱讀裡，也存在於，你全心工作，全心享受一頓美食，全心運動和揮灑汗水，那些專注於手上事物的時刻，忘記自我的感覺，怡然自得，忘記了時間，那就是心流的一部分。

我每天高雄、枋寮兩地往返，一趟最短車程六十五公里，來回一百三。加上汽車，回到市區內走走繞繞，吃晚餐、雜務、家人外出……等等。一天可能兩百（如果坐火車上班，火車總里程更長）。一週 200 x 6 ＝ 1200，我週週，北高兩地接送孩子，400 x 2 ＝ 800。所以一週的基本里程是 800 + 1200 ＝ 2000，一個月是 8000 KM。一公里等於二里。所以，我一個月等於 16000 里萬里長征這檔事。

其實我日日、夜夜、月月、年年都在作，三年多了。實際上，應該不只這樣的里程，通勤時間，也多了許多，每天火車往返，至少三個小時，這些都是我寫文章，和閱讀的時間，我也靜置在古典樂，或輕快的音樂裡，舒服的渡過這些通勤時候，心靈充電著，心流也一直流動著，寫文章的此刻就是。

書上寫到：

工作時候容易產生心流，閒暇時候不容易，閒暇時候要產生心流，要稍為刻意為之，不然會流於 couch potato，腦袋空空的，整晚坐在那裡，不知道作了什麼，好像也沒有快樂，和幸福的感覺。不是說你晚上回家，也要作大事，作有意義的事，作有生產力的事，

而是

要做一種可以讓你心靈放鬆

徜徉其中的事

慢慢的享用燭光美食
三、五好友，手把手的一杯杯啤酒，忘記時間的聊天
隨著一部電影的節奏，哭和笑
兩個人牽著手，慢慢散步在公園裡，多巴胺點綴著你們的愛情

徜徉的那些世界
都是心流會到的地方
心流不只在工作裡
它在你忘記你自己，

心流，也可以讓你的工作和事物安排最優化，庖丁解牛，也是其中之一。即便你的方法錯誤，或瑣碎冗長，不是最好的方式，但在日積月累的心流幫忙下，你也會自然而然的，優化該不是最好的方式，誤以為，這就是「最好的方式」。

例如，你每一天，走一條彎路上班，距離明明多了一公里，但你習慣了十年這條彎路上，所有的號誌、交通、行人或是指揮的員警，甚至貓貓狗狗……等等。你知道每個節奏，你知道如何彎路上，最快的達到彼岸。

即便現在開了一條，截彎取直的新馬路，距離著實的少了一公里，要你跳換過去，你還是會有些抗拒。你會告訴自己，我彎路走的很好啊！很有效率、很快，幹嘛換？不見得比較好吧！那是因為心流的幫忙最優化。

只是

你會錯把心流的最優化，當成最好的方式

錯過一次一次，更美好的機會和選擇

人生，是不是很多時候就是這樣？

所以

如果可以時時產生心流於日常，

也可以接受改變

像我常跟孩子說的：

要嘗試～～
不管喜歡或是不喜歡，要嘗試三次
才決定要，或是不要
好嗎？

如此，
心流，配上嘗試
你應該會常常樂在其中
而且不斷的往前
不只工作上

我想你整個人生，
也可以最優化吧～

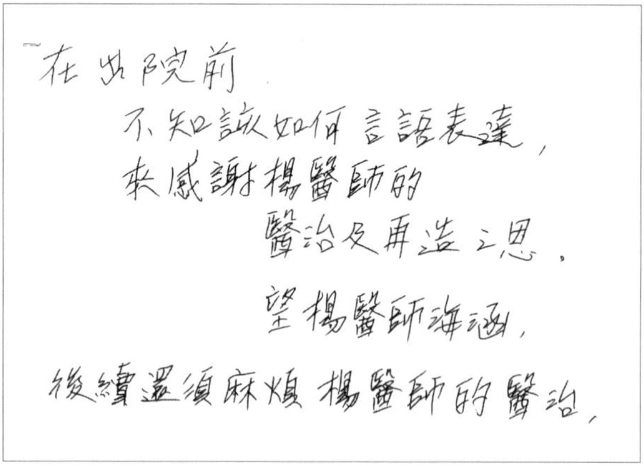
～在出院前
不知該如何言語表達，
來感謝楊醫師的
醫治及再造之恩，
望楊醫師海涵，
後續還須麻煩楊醫師的醫治，

那些觸動人的故事

以後也請
多多指教

楊沂勳

謝謝主治醫師、所
有的護士小姐，照顧
我們每一位病人，辛
苦你們了♡

月15日至3月27日，我住
院這些日子裏，感謝主治醫師陳
醫師豐基、骨科何醫師信求、整型
外科楊醫師沂勳及2樓的護理人
員日夜照應病人的需求，還有手術
房的助理人員，謝謝你們，
你們辛苦了。

願
神祝福每一位在工作上，
或在家庭上事事平安順利

感謝整形外科医師、楊
沂勳医師，謝謝医師助
理玉芳、謝謝三樓的護
理長靜怡，這10天來謝謝
你們的細心照顧，讓我
感到非常窩心，真的很謝
謝大家

一、一日，在六龜育幼院

十年前還是高中毛頭小子的我，有天，國文老師出了個題目，要我們去參訪育幼院、養老院或是家暴收容中心等等，希望我們能當一日志工，體驗不一樣的生活，那是我們當年的寒假作業。

記得我們四、五個同學浩浩蕩蕩坐著公車，轉客運，之後再搭上計程車一路顛簸來到了六龜育幼院。那時候我們的工作就是幫忙打掃園區、教導功課，就這樣囫圇過了一天，當天晚上我們領著院方準備的獎狀和證明函，之後便滿心的離開了。但在回高雄的車上，一路看著窗外的我想著，我們到底幫到了小朋友什麼？我感到不安，卻無法回答。

而今回過頭來看，那時候尚為高中生的我們去到了育幼院，沒能真正的幫助到小朋友，反而是他們幫忙了我們寒假作業的完成，在那樣短短一天的拜訪和教學，且沒有能力實質的來捐助，我們真的幫到了小朋友什麼？我很懷疑，因此，當年我帶著忐忑不安的心情離開了六龜，而那樣的不定，塵封在心裡，未曾檢視。就這樣，過了十年。

十年後，我來到了義大醫院，在某個機緣下，我們整形外科部舉辦了科遊讓我又有機會回到了六龜育幼院，但不一樣的是，鄭副院長和馮醫師廣召了有能力的各方先進、大德，大家一同用善款伴著育幼院走出經濟拮据的困境。但說實在的，比起院內的耆老，無怨無悔貢獻一生的青春和歲月為我們照顧上帝遺落在部落的孩子，我們的小惠真是輕了。

「大哥哥好！大姐姐好！叔叔好！阿姨好！……」走訪間，這樣稚嫩的問候聲此起彼落，您能不動容嗎？

園區裡，耆老領著我們參觀，畫天說地的講著育幼院的緣起、這些年的起落、困頓和花明。行走間，我看到了正在興建的白色建築，園方說待完成之後，周周會有固定來訪的文藻大學生，來這裡陪伴小朋友讀書、指導和成長。頓時間，我滿是愧疚，卻也喜悅，因為這樣常駐式的課堂才是真正可以幫助小朋友的，而回想起那時候我們的驚鴻一瞥，盡是慚愧。

但其間過了十年，夢想也被延宕了十年，有時候每每想起，像我們這樣有能力的人在有機會行善的時候，是不是往往別過頭去，選擇不看，讓自己的良知暫時矇目，讓自己好過點？勿以善小而不為，我也還在努力當中。

下午時分，小朋友為我們準備了一段歌唱。

初聞那合唱，既是震撼、也是感動。在那青澀稚嫩的面龐下，我以為會是迎著陽光般的笑容、響徹園內外的歡笑和吵鬧樣，但我卻看到了不屬於那年紀該有、淡淡的憂傷於眉目之間，卻又有堅毅的神韻佇留在那一雙雙明亮的眼珠子裡，靈動的雙眼，看盡了多少冷暖、體驗了多少人情世事，迫使他們提早長大，是神讓他們的童真提早褪去，以堅強迎接一次次生活上的困境和挑戰，但在我這尚為世俗的眼裡，滿是不捨。

隨著歌聲的飛揚，我看見、聽見了被他們封陳、蟄伏的童稚，逐一顯露出來，歡唱聲中，我看到了潘朵拉盒底的希望、和真正舞動青春的靈魂。

這些年，園方領著他們南北征戰、海內外受邀歌唱，無一不被他們的歌聲所感動，因為這超越了他們年紀、資源和背景而出的天籟，是神的旨意，讓世人驚嘆。師長不時提醒著小朋友們，「如果你們的歌聲都感動不了自己，怎麼感動上帝還有他人？」那樣歌聲的原動力來自於哪裡，我想我知道了。

偏遠地區小朋友所需要的，最重要的是教育，但不是升學考試中的填鴨，而是成長環境中的身教、言教，這對他們日後性格養成非常的重要。像是我已逝爺爺奶奶所講的，「一個好的環境下長大，小孩子是會壞到哪裡去？」。此外，也不是每個人都要成大事、立大業，或是有開天闢地的本領，但我們都要在社會上扮演好自己的角色，將自己分內的事做到最好，這才是社會上 99% 的人在做的事，而少數人的成大事、立大業，也不是都建築在 99% 人的基礎上嗎？所以，這一根根小螺絲釘能不重要嗎？

日前讀到，一位日本清潔員說：「雖然我只是個小清潔工，但我要讓我的街道，成為全日本最乾淨的一條！」這樣的氣魄和執著，我想才是我們要教育小朋友的。

在最後長輩的結語裡，一位先進說道，「今天不該是院方感謝我們，而是我們要感謝院方讓我們有這樣的機會來到這裡，感受這樣身心靈的洗滌，心中的喜樂，不是物質所能衡量。」

最後，我也在此懇請諸位大德，有機會一定要來拜訪六龜育幼院，與其說是我們在幫忙，不如說是神的伊甸園引領，讓我們有機會重新使心靈昇華、庸俗沉澱，比起走訪寺廟或是宮殿，在這裡不單只是捐款簿上數字的填鴨或是冷甸的獎紙，而是面對面的情感交流，和與上帝恩典的對話，這才是令人夢縈、回味的，不是嗎？

感謝義大整形外科的科遊，我會記得一一二年的初夏，風很輕、很甜。

〈一日，在六龜育幼院〉《台灣醫界雜誌》，2012, Vol.55, No.12, P62~63.

二、走過幽谷

那天，我做了個夢。

一天，我在病房閒暇之餘，跟的主治醫師當日也沒有刀，我跑回科內去上刀，跟平常 setting 一樣，跟刀房的刷手、流動、學長打完招呼後，我刷了手後準備要上去幫忙。上刀前，護士小姐提醒我，「這位病人有 HIV 和 C 肝，你確定要上嗎？」我道了聲謝謝，感謝她的提醒，心裡也想著，倒是比較少遇到這樣恐怖的組合，不然多戴一層手套好了，之後，我告訴自己要小心、也平常心。

病人背部有個大的 carbuncle，目標是做完數次的 debridement 後關閉傷口，大小範圍約是 15 x 10 cm^2 大，深度約到背部肌群上方，而之前已作過數次的 debridement，傷口也變乾淨了，今天的目標就是要關閉傷口。而在這個時候，學長被病房 call 說有急事，要上去先看病人，之後便留我一個在現場，叫我先繼續進行。

病人的傷口有點大，要作 primary closure 會有一定的 tension 在，因此，我決定先帶層厚厚的 subcutaneous layer 和 fascia 數針，最後在關 skin 也比較容易點。

第一次，我帶了三到四公分厚的 subcutaneous layer，帶完後拉起來準備要打 tie，但傷口張力太大，三個零的 Dexon 就這樣硬生生被扯斷。因此，接下來我想分散張力，從深到淺帶兩、三層的皮下針，分散掉張力。於是第二次，我帶薄一點的皮下層約一到二公分，準備要拉線打 tie 的時候，說時遲，那時快，我右手側咬著 subcutaneous layer 的線突然 tear 掉，右手持針的持針器忽然往左猛進，就這樣不偏不倚的刺到我的左手。

一時間，腦海像是跑走馬燈一樣，想到上刀前小姐的叮嚀，我大叫了一聲，馬上跳下 table 及脫下手套，用力擠了一下左手大拇指。多麼希望只是虛驚一場，只是穿破手套。

但事與願違。

就這樣，現場人員看到我被針扎，也一片混亂，有人趕快打給主治醫師過來接手，有人打給勞安室，有人幫我抽病人的血準備要跑流程，有人在旁邊叫我擠、用力擠……等等。而我半呆佇在那，想著，為什麼會這樣、怎麼辦……。

近二十分鐘的擠血和沖水後，我開始了針扎的流程，東市買駿馬，西市買鞍韉般的跑了好多地方，勞安室人員也第一時間打電話給我，叫我去看感染科門診。

門診裡，主任建議我開始使用預防性用藥及追蹤，問了一連串受傷的機制和問題，像是空心針還是實心針，病人是同性戀、異性戀還是毒癮患者，有沒有馬上擠血與沖水……等等，之後，主任提到 H 感染的機會很低，倒是 C 肝部份比較麻煩。我問到院內是否有跟我一樣情況的醫護人員過，主任回答有，不過 H 感染沒有，但 C 肝確實有人陽轉過。我心涼了一半。

感染科醫師開的預防性用藥 COMBIVIR BID 和 Efavirenz HS，叫我先吃一個星期看看，若無大礙的話，吃滿一個月就可以了。

開始治療後，我全身無力、作嘔，像是喉嚨有東西梗著，身體的體味也有所改變，總有個藥味在。睡前的那顆藥，我吃完後半夜起來要上廁所，才發現沒辦法直線走，整個人像是喝醉酒一樣的暈。而 side effect 裡提到的 CNS disturbance，對我來說，像是思緒被外星人抽吸掉一樣，我無法思考，而且還會有 persisted facial flush。

一日我在值班，睡前吃了藥，半夜被 call 起來接急診的 new patient，我才驚覺，我連路都走不穩了，怎麼看病人？半夜時分，我坐在 station 前要開再平常也不過的醫囑，呆坐了十五分鐘，我竟然無法思考！

我趕緊打給總值班的學長，跟他說道我的情況，學長二話不說叫我馬上去睡，他會幫我 cover 到天亮。就這樣，那天夜裡，我像是躺在船上，看著上鋪的床板，難過和愧疚伴我迷糊的走進夢魘裡，心裡那時也打定主意，以後值班不再吃藥了。

日後，在吃這樣的藥不太想被看到，也不想讓太多人知道，有時真的有種已經被感染的錯覺。但漸漸的，夥伴們也都知道我被針扎，而且病人是最恐怖的組合。那些日子裡，疲倦、作噁、無力、夢魘、低落……等等，一個一個襲上身來，我越來越沮喪，提早回到了感染科門診說到我對藥的不適應及無法工作。因此，主任叫我先停了 Efavirenz，他說那顆藥的副作用很大，使用的話也只是讓本來就不到 1% 的感染機會再低一點，如果就真的不舒服，就不要吃了。

我心想著，剩下的二十幾天應該會好過一點了吧。而該星期的周末，我要去台北參加學會的年會而且要上台口頭報告，心想著總算有救了。

但禍不單行，吃了預防性用藥近一個禮拜後，要上台北的前一天，我全身開始起紅疹，fever，dizziness，口乾舌燥……等等，一開始我不以為意，自己去買了些 allegra 來吃，打算這兩天 COMBIVIR 也就先不吃了，等下星期回高雄後再找主任問看看，我想應該是過敏了吧。誰知道，這樣的紅疹越來越多，到隔日早上要去坐高鐵的時候，我已經是連

face、palm、foot、trunk……等等地方，除了 mucosal level 以外，全都 involved 了，而且其癢無比，我趕快打電話給主任，他提到這樣的過敏並不常見，並叫我去掛急診。但我提到我當時在年會上的不方便，因此他交代了我一些注意事項後，我就先 allegra 還有口服的 steroid 在吃了。

年會上，我是個脹紅臉的關公，合併有口蹄疫般的 hybrid，我的手掌、前臂、臉、脖子……等等會露出來的地方，都是一顆顆的紅疹，mouth smell 應該是全身 dehydration 的關係，都有股乾燥和焦臭味，總之，那天年會上，我像是有皮膚病的癩皮狗走入人群。在台上，我精彩的呈現了我近一個月的準備成果，但在台下，我依偎著我太太，我好沒自信，好沮喪。

兩天後回到高雄、回到了感染科門診，主任看了我的情形驚訝的說這是嚴重的全身性藥物疹和過敏，算是少見了，好險有及時停藥，否則有機會變成 Stevens－Johnson syndrome，也叫我所有的預防性用藥都不要再吃了。當然，不吃之後我又開始擔心會不會讓病毒有機會感染？主任也看得出我的難處，說等我停藥後一星期後，要幫我跑 PCR 直接看是不是有 H 或 C 的病毒，準確率非常的高，幾乎是一翻兩瞪眼了。當下感謝之餘，有欣慰，也有害怕，我不知道如何形容那時的心情。

等待 PCR 結果的過程，紅疹還是持續在 progress，到後來整個融合變成一片，一片之後又融合成一塊塊，連我自己都被自己的樣子嚇壞了，更何況是別人，因此我不敢在值班室或是更衣室換衣服，雙手前臂也滿是紅疹，我無法刷手，於是我再度回到門診請主任幫我開診斷書讓我休息，我已經身心俱疲，好累好累。

同儕們知道我的狀況，滿是同情，當然不乏很多也開始研究起我的紅疹，說到會不會是 post virus activated viremia 的表現……等等，說實在的，我也想過、也擔心過，但我還能做什麼？

以往，每個星期的周末，我都會和爸爸媽媽或是姐姐弟弟聚餐吃飯，在那近三個禮拜裡，我避著他們。我想念他們，但更不希望他們為我擔心，所以我選擇離開和消失。

看著自己身上的紅疹一日一日在變多，不知道什麼時候會是peak、什麼時候開始regression，也不知道明天開始會不會involved mucosal level，變成Stevens－Johnson syndrome或toxic epidermal necrolysis……等等，我跟我太太說了，如果我是個不幸之人，也不用為我特別告知誰，就讓大家像久未聯絡的朋友一樣，看不見卻依舊存在。我只想悄悄的來，悄悄的去。

這過程中，我剩下的只有禱告與坐　佛前祈福，還有我的太太，伴我走過幽谷。一星期後，報告出來了，兩個都是陰性的。心中石頭落了地。

我也重生了。

「嗶嗶……嗶嗶……嗶嗶嗶嗶……」一大早的，我按掉了鬧鐘，床上醒來我滿身是汗，昨天夜裡的夢怎麼會如此清晰和恐怖，我用衣服擦乾了汗，才知道昨天夜裡都是回顧。

之前就聽過很多醫護人員被針扎過，但總未能身在其中，不能真正體會那種苦和煎熬，尤其像我被這種最恐怖的組合針扎以及合併藥物嚴重過敏，我想應該可以寫成個案報告了吧。

謝謝感染科主任，在這段期間為我的多方面策略，讓我在這樣後針扎過程中，總有個燈塔，不徬徨。

謝謝直腸科主任，讓我在該月份 run 的時候，恣意的請了不少假，好好休息，對我的關心也是從來不間斷，讓我窩心與銘記。

謝謝值班室的夥伴，幫我值班、幫我打氣、不畏當時全身紅疹和可能感染的我，平常心看待我，是給我的最大加油與支持。

謝謝我太太，因為現在我才知道我在最脆弱的時候，竟是如此的想依偎在你身邊，需要你的陪伴，讓我有個後盾和家，心裡也有個岸。

最後，

也謝謝全國所有不分科別、從上到下的醫護人員，沒有你們的付出和暴露在危險當中，病人的健康是無法並進的，而過程中的勞與瘁、辛與苦，為您獻上我十二萬分的敬意與祝福。謝謝你們。

〈走過幽谷〉《台灣醫界雜誌》，2012, Vol.55, No.7, P61~63.

三、對，我就是背骨囝仔！

我的汽車，現在都停在後火車站。一大片的露天停車場，有機車、有汽車。比較便宜，離車站近的那一端，是機車場，離車站遠的那一端，是汽車場。

機車場那邊，有兩台繳費機，明確的標示，「機車專用～機車專用～機車專用～」

汽車場那邊只有一台繳費機，也明確的標示，「汽車專用～汽車專用～汽車專用～」我為了可以少走一點路，我把汽車停在離機車場那端，很近、很近，可以比較靠近車站，後續可以少走五十公尺。只是傍晚回家的時候，繳費之際，我還是得走遠遠的，到天邊那一端的汽車繳費機——繳費。總覺得，還是有點浪費時間和精力。

上次取車時候，我就突發奇想，為什麼不能在機車繳費機上操作看看？？如果可以成功，動線和時間全然的優化，沒有浪費。我想過其實是有機會、有可能在機車繳費機上，繳汽車的，為什麼？

因為機車、汽車停車場，隸屬於同一家公司，車牌辨識系統，是軟體範疇，老闆一定是兩套都買了，安裝在不同的機器上（其實繳費機硬體也是一樣），機車和汽車，可能有不一樣的軟體資料庫。

但是，如果我是老闆，我會兩端都安裝同一套軟體（機車、汽車可以相通）。

一來是，一開始工程師設定時候方便，不用版本A、B、C等等，減少錯誤發生。二來是，如果哪一邊的繳費機壞了，另一邊還可以使用。或說備用，不用一定馬上要派人來現場，故障排除，可以減少即時的人力成本支出。

所以，邏輯可行的情況下，星期一時候，我就嘗試看看，在機車繳費機上，繳汽車的，儘管它上面反覆強調：

「機車專用～機車專用～機車專用～」

「機車專用～機車專用～機車專用～」

結果，可以誒！！繳費成功！

後續，我把汽車緩緩的要開出，心裡有點忐忑不安，不知道會不會卡關，浪費一次費用，還要重來……後來，可以誒！！順利的出關！車子開出去了！我好像又完成了一道成就解鎖。簡單的說，我以後又可以少走了五十公尺，因為這樣不期然的優化。這件事，看起來只是個小事，不過重點是在：
心態的改變，
也一次次的告訴我要嘗試～～～～～
在既有規則或是舊窠下，
我們還是可以嘗試看看，
別人告訴你，
什麼不要作、什麼要作。
其實很多時候，

並不是這樣（也許他們自己也有在作……），
或是，
他們也不知道，原來可以這麼作。
他們只是延續前人的告訴，
再講給你聽而已。

嘗試的重要性，
我反覆的告訴自己，
要刻意的練習和維持，

也許才有機會，
在廣大的紅海裡，找到一片小藍天吧。

四、最後一次的見面

像是玩積木似的，我搬開了磚頭，看到石頭下面濕黏的土壤和青苔，有萬頭鑽動的紅螞蟻一時間，像是天被女媧打開了，所有的螞蟻往天空驚恐一望，接著四處亂竄，有些螞蟻來不及知道發生什麼事也被四竄的蟻群嚇到，不知所措，也跟著逃竄，一時間，天下大亂。當然，也有螞蟻已經架起攻勢，準備跟身為巨人的我，決一死戰……

那是我小時候的模樣，常在舊家前院裡玩耍，搬弄著石頭、泥沙和斑駁的磚牆，在自己幻想的世界裡馳騁著，化為主導宇宙的創世紀神。

現在有時候還會夢到那個情景，十歲不到，童心被勾起，只是夢醒之後才發現，自己也近不惑之年。那些夢到、孩子的玩藝，也只能埋入回憶裡。因為，我們好像都已經長大了……

最後一次，我玩紅磚牆扮演巨人，是什麼時候？最後一次，我跟國小最要好的朋友，說明天再見，是什麼時候？國小畢業最後一天，老師說以後會在相見。殊不知，之後的老師和同學們像是動如參商的星宿，本來每天見面、打鬧的同學，那天之後的三十年了，沒能再相見。最後一次，我跟阿嬤要零錢，去雜貨店打電動，是什麼時候？

如果時間能重回到最後一次、那一刻，我會輕輕的，跟還是小朋友的我說：「這是最後一次了，以後不再，要好好記住這一刻。」不知道那時候的我，會有怎樣的不捨？

成龍說過，還來不及長大，就老了，其實很有感，我們都還有些童稚，在夜裡、在夢裡，偶然相映，醒了之後，因為背負的期待，和枷鎖太多，只能把童稚往回憶裡塞，變成了爸爸、變成了媽媽，變成了主任、變成了院長，不代表內心深處的小男孩和小女孩，已經不在。

他們在的～

只是被我們越藏越深、越推越遠，即便現在的我們，有多大的力量和權勢，可以試著搬回小時候種種的場景，試著重溫一切。

但請記得
很多人事物都已經不在
那是缺了靈魂的扮演
那是一齣獨角戲
在宇宙的時空裡，已經不再了
看著鏡中的面容

也在在的告訴我們

長大了

或是，我們已經老了

不再是孩子了～

還記得小時候，最後一次接觸你習以為常、最喜歡遊戲的那一天嗎？

你知道那是最後一次嗎？

如果可以回到那一刻

你會怎麼把握？

你會怎麼說再見？

記得，我們現在的這一刻

就是 未來的過去

現在，就是坐著時光機回到 未來的過去

現在，能改變一切

現在，能好好的把握每分每秒

現在，能好好的說再見

活在當下每一刻

把每天當最後一天的把握

錯過就不再了

〈活在當下〉《屏東縣醫師公會會刊》，2020/11, 第三版

五、爸爸，對不起

爸爸，對不起～

如果我早能知道
你汗流浹背，酸臭滿身的原因
我一定會毫不猶豫的上前抱住你

如果我早能知道
我碗裡的每一勺飯和菜

都是您用勞動和耗損身體的一點一滴，換來
我一定能吃淨每一顆飯粒，伴著眼淚嚼著

如果我早能知道，
每當我下課時候，你騎摩托車來載
帶著工地帽、全身污漬
是因為剛離開工地
我一定不會再叫你，
下次不要靠近學校大門口
我自己走遠去找你

如果我早能知道
您已經用了最大的力氣，在扶植這個家
但我總嫌著
電視螢光幕前的美好人生，為什麼跟我們家差這麼多

為什麼別人家可以
我們家不行？
我一定不會在你疲憊的身體下
再次用矛般的言語，刺痛著你心裡的一分一寸

如果我早能知道
你的抽煙、喝酒和檳榔
像是僅剩下，麻痺自己長期疼痛的合法藥物
我一定不會再碎碎念你
不會為我們和自己健康著想一事

如果我早能知道
你被歲月刻劃，留在蒼老皺紋的面容裡
其實還有一個大男孩住著
只是有了我們以後
你才不得不，把那男孩越藏越深
我一定不會再嫌棄你
為什麼像老人囝仔，
一把年紀了，還喜歡吃著糖、看著卡通、講講五四三和幹話

爸爸們，辛苦了～

職業沒有貴賤

貴賤存在於，

評斷出這個詞，那個人的心裡、眼裡

不在每一個爸爸的身上

加油的～

〈爸爸，對不起〉《屏東縣醫師公會會刊》，2021/02，第三版

六、褲子越洗越短

清明連假，大家都放假去了，我沒什麼事，等明天帶孩子出去玩。所以，就寫寫東西，荼毒你們的眼睛和思緒了。

話說，我有四件工作褲，感覺好像越來越短，尤其坐著的時候，或有時襪子不夠長的時候，風吹過來，腳總會涼涼冷冷的，那感覺特別強烈，好像在提醒著我什麼……

話說，四件一起變短，我認為是一個系統性的錯誤問題，應該不是個案，某一件材質，特不好的問題……不過我也都覺得，還好拉～繼續穿。

直到有一天，我走在枋寮路上，一位大姐，大聲喊著～「楊醫師～～你的褲子太短了拉拉拉～～」我才驚覺這個問題的嚴重性……不得不開始著手處理。不過同時間，我也建議，該大姐應該要把我拉到暗巷裡再講，事情會更圓滿……

每件褲子不是特貴，約莫兩、三千塊不等，我也都穿了兩、三年以上。近日褲子縮水情況嚴重，我懷疑，是不是老媽換了新的洗衣粉，沒有脫水烘乾就去曬，加速了它的質變。或是，我的小腿、大腿肌肉越來越強壯（我要跟爬山的蕭醫師求償 Mlchael Shiau），有帳篷搭起來的效果（tenting，玻尿酸的拉提原理……），把本來，就將將好的褲管長度又往上拉了一些。後來，顯得好笑，和捉襟見肘了。總之，就是褲子太短了，被公開認證了，差點沒被枋寮保安宮廣播而已。

之前有拿褲子去改的經驗，印象中，改褲管的長度，一件大概是兩百元，我有四件要改，大概會是八百元。此外，那家生意特好（越南阿姨），我常常需要等一個禮拜，可能會沒有褲子替換，這樣不行。我總不能長襯衫，配短褲去上班吧！

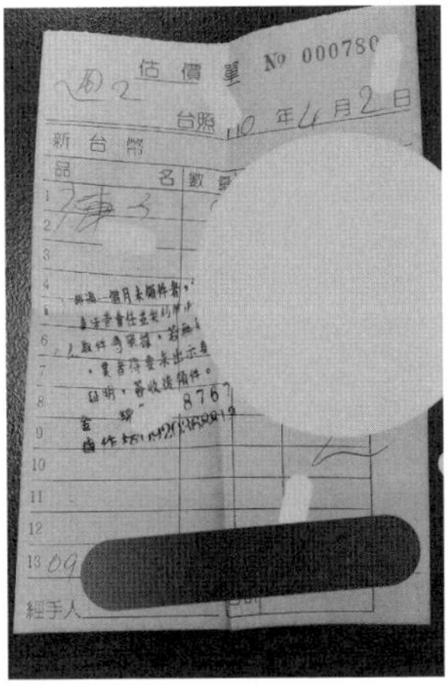

所以一樣的，小志上身了。

我自己拿著小剪刀，把褲管底的縫線，慢慢的全部放掉，像是外科開刀的守則一樣，只要 Plane and Tension 掌握好，沒有開不好的刀，沒有拆不了的褲子。

我將縫線一絲絲的抽出，一件一件的用，最後全部完成。霎時間，或有睥睨群雄、傲視群山的感覺……

每件褲子，大概又多了兩公分餘，我想賺到了……，應該還可以撐個半年、一年吧！

只是，後來覺得怪怪的，褲管底，好像都會有毛邊和線頭跑出來，我不敢抽，因為我知道會越抽越多，越抽越長，我又不是貓在玩毛球，我屬豬，孩子最愛的豬豬，我不能變貓，不然連孩子都不愛了。

我只能像處理病人的甲溝炎一樣，用剪的，把毛邊和線頭，一支支、一條條的剪齊褲管，配上我的禱告，不要再來了~

洗過一兩次之後，覺得越來越奇怪，不太對勁……，毛邊和線頭越來越多，多到，像是老榕樹的鬍鬚般，生意盎然，源源不絕。我想說，好像真的超過小志的能耐了，昨天總算心有不甘的，把褲子們，拿去裁縫店急救一下。

越南阿姨看了看說到，啊怎麼弄成這樣……，唸了我好一番，像是罵小孩一樣，我只能訕訕然的陪笑（她應該不知道我是醫生，而且是很厲害的醫生，就算她知道，我也沒打算要承認……）。

我說，我自己把它們放長了……不過後來洗一洗後，快變成了龍鬚菜……

越南阿姨說：吼～你要收邊拉！要縫一圈才可以拉！不然會變成這樣，不能看啦！（OS：我知道了……我看到了……）

不過後來想想，我是不是作白工了呢？其實也不算是，因為越南阿姨說，收邊的話，一件六十而已，所以一件還是省了一百四十，四件

overall省了五百六。

以上是我的節流，供麵包不足，或是不想買麵包的媽媽或爸爸參考。

#隔行如隔山

#小志不要再亂搞了

七、寄生上流

近日看了《寄生上流》這部片，片中幾段話，我感受很深，曾被我深深埋入，也隱隱作痛。

片中媽媽問到：

「為什麼這些有錢人都這麼善良？」

爸爸回答：

「因為有錢，所以才能善良。」

這句話的意義多麼深遠，如果有人已經三餐不濟、妻小溫飽，和基本的生命安全都有問題了，還會高道德標準，規範自己和家人要遵守嗎？不作亂，不反抗，那就等死吧。

五千年的歷史出了一個顏淵，寧願餓死也不願為理想、高道德標準作任何的妥協，可憐了他的妻小和家人。「一簞食，一瓢飲，在陋巷，人不堪其憂，回也不改其樂。賢哉，回也！」（《論語》）

五千年一遇，我們都是人，不是神。當我 Nothing to lose、基本的生命安全都受到威脅的時候，就是道德標準破壞的時候了，片中爸爸那句「因為有錢，所以才能選擇善良」，感受真的很深、很沉！

此外，哥哥在有錢人家女兒的閨房，向窗外看著樓下庭院的派對，歌舞昇平，跑馬的、跳舞的、喝酒的、演奏小提琴、打馬球……，多麼有氣質的高社交場合，一切這麼的自然，不在話下。

哥哥轉頭看看身旁有錢人家的女兒，他的小女朋友問到：「我真的屬於這裡嗎？」

這二、三十年來，我從鄉下走到了都市，從這塊土地貧瘠的地方，走到了最繁華的地段，從最粗鄙的人事物，走到了最閒情逸致、高雅人士聚會的場合，那個問題，我不知道問過了自己多少次，不同的是，我開始從這些社會所定義的「高點」。

再次的走回本來的地方，走走停停，也來來去去，我過去想帶身邊的人，去經歷我所經歷的，去看看我所看到的。離開被這社會所定義的中下階層、藍領階層。但後來才發現：

原本的地方才是我真正的家

很自在

很安身

也立命

如今

我來來去去

像是穿越兩大圈圈

我既懂得這個圈圈的眉角

也懂得拿捏另一個圈圈，不失禮數

我游刃其間

雖不到有餘的地步

但至少也是心安理得了

我自己對自己的定位和形象

也慢慢的清晰

片中哥哥的迷惘，我懂得、我經歷過、痛苦過、成長過、也已消化過了。很棒的一部片，很深的意涵在歡笑聲中呈現，看懂的人，應該心中會跟著浮浮沉沉。

好片一部

可以確定的是

川普看不懂

……

因為他太善良了（吐）

〈寄生上流〉《Story 整形春秋雜誌》，Vol. 3, Page 60, 2020/09

讚美卡

你的鼓勵與支持是我們努力的原動力

我要讚美你（讚美對象）：________________

你好棒喔！

這次因車禍有外傷而開刀住進一桁家醫院，在此要跟醫生及護理人員說聲謝謝 因為他們親切

因為 有愛心、有耐心的為病人服務 再次說聲謝謝你們大家。

我最愛的家人們

楊Dr.

感謝您術前真誠建議，用心手術，初衷身為您病患的婆²來說是幸運的，辛苦了！術後仍要麻煩您一陣子³Q

感謝楊醫師和所有的護理人員[redacted]對我的細心照顧，非常感謝

I ♡ you

枋寮醫院，感謝您們，

隔醫轉診枋寮醫院整型外科楊新勳醫師，他的精確果斷令我折服，更加感謝團隊的所有同仁不辭辛勞對我細心的照顧我也會告訴病友們枋寮醫院是大福中唯一的抉擇。

感謝，再感謝一

一、給孩子的一封信

孩子，希望等妳長大後
或多或少可以遺傳到老爸的多愁善感
能有細膩的觀察和心思
那也許
妳會讀懂　爸爸每篇、每幅裡，字字句句的惆悵和不捨
也會理解我對你的愛

孩子，首先，我要跟你道歉

一歲以前，你無憂無慮，笑容常在
天塌下來之前，妳有兩個擎天大石柱頂著
我們都願意為了妳
犧牲一切
換取你平安和健康的長大
跟所有其他家的孩子一樣
父母親們都願意
一歲後
就那　一夕間

妳的天空裂成了兩半
妳懵懵懂懂，但妳已經可以感受到那劍拔弩張、令人不安的氣氛
你還不會表達自己
但你用畏縮、哭鬧和不說話，來逃避這一切的鬧劇
尤其在這兩片天要碰頭的時候
妳的眼神靜默和退縮
我不捨
你不安著，你懷念著過去模糊的家庭記憶
我知道

但孩子，我真的無能為力
我只能帶著你往前走

看著妳的封閉和不語
我比任何人還要著急
我帶著你參加許多戶外、大大小小的活動
和人們、和孩子們相處
我帶著你上教會
希望耶穌的愛會浸潤妳受傷的心
（孩子，我也跟你一樣受傷著）

希望讓妳像一般孩子的開朗，跟笑的開懷
我帶著妳進行了評估
臨界值的語言遲緩
我擔心到無法言語，也自責
接下來七個月的治療長征
我帶著妳慢慢走過
因為我知道
妳另一片天，她不是那麼的在乎
在五六日的周末裡
我本想好好的休息

但為了你

我帶著你參加了許許多多戶外，和室內的活動

當時畏縮的你

我知道你不喜歡，也哭鬧

但我必須打破這惡性的循環

我帶著你走遍了高雄大大小小的遊樂園

台灣許許多多的景點，我們和阿公、阿嬤一起走過

你還記得嗎

許多兒童的韻律和體育課程

我陪你一起參與和跳舞
相信嗎
寶貝，我在一群媽媽裡面，跟著翩翩起舞
孩子，我為了你
我什麼都願意。

那些日子苦
你的阿公阿嬤們愛著你，但也愛著我，因為我也是他們的孩子
希望我放棄
為此

我深深的思考過
我不願意我們之間的 bonding 在這一年裡畫下了句點
未來好久好久之後，妳只知道南部有一個爸爸，一個親生的爸爸
也許可以挖一點錢的爸爸
除此以外，不親也不熟
妳母親眼裡、手裡擘畫的我
一定是驚世駭人和令人驚奇的
一定會更加深妳對南部我們的疏遠
我不願意這一切的發生
所以

我盡全力的挽回
畢竟六歲以前
你的記憶會不見
你像個白紙
我們的模樣
只能隨著另一半的天
恣意的繪畫、塗改和潑黑

對於我的爸媽
孩子，也是你的爺爺和奶奶

我烙下重話
只要有任何一個人，再跟我提起放棄兩個字
我連你們都不認
不要逼我
一切到此為止

孩子，那段痛苦的歲月
你可知道？
兩歲半以前，你常常發燒
夜半時分，常常高燒到三十九或是四十

妳來高雄的三天半，常常兩天以上在發燒

我焦急

我一個大男人

沒有女性　生兒育女的天性

我只能學

一邊看，一邊改，一邊學，一邊走

你的尿布、你的刷牙、你的如廁、你的一些習慣養成

我本有人可以討論商量

但天裂之後

我只能一一的摸索，向你的阿公阿嬤、嬸嬸、姑姑們請教

你上學的狀況如何？

你燒退了沒？

你跟同學的互動好嗎？

你東西吃的下嗎？

你講話進步了沒？

你最愛的弟弟們在哪裡？

等等等等

我無時無刻掛念著妳的進步，和妳的期待

孩子，請妳記得

這些甜蜜而沉重的負荷，外掛在我每天繁忙的行程裡

我需要全部做到

兩歲半後
慢慢的，你開始講話了
開始講話之後
你從像一個小寵物，變成了一個小的人
每天、每週，妳都會蹦出不一樣的行為、思考和言語

孩子
我們慢慢變成了朋友
我是你的大玩具

照顧著你，也讓你玩、讓你賴
我更是你的守衛
在你只有一半天的情況下
我這個石柱扮演更強的腳色
我要補起一片天　之下
你該有的所有
那是我欠妳的

孩子，如果我哪裡還做的不夠好
請讓我知道

我一個大男人
粗手粗腳、笨手笨腳的
我帶著妳探索未來
一定還有什麼做的不夠
但，我一直在改進

孩子，以前我為你的未來和長大，感到遺憾和悲觀
因為我未能給妳一個完整的家
是分裂的
但我的執念後來解開了

我看到許許多多的孤兒
失恃、失怙的孩子
有親生家人但被虐待
貧窮夫妻百世哀下的家庭小孩
孩子，你已經幸運很多、很多了
你現在有兩個家
兩個都愛妳入骨，也入魂
妳不用擔心

孩子，未來的日子裡

我們一定還會遇到什麼困難
但請相信我
我會用最大的智慧和力量，帶你走過
對不起
我第一次當爸爸
我也還在學
希望在這個時空的角色扮演裡
我還沒能讓妳失望
孩子，我很抱歉

爸爸冷峻的外表下，其實有一顆稚軟的心
以前不同步
但在你的出現後
現在的我，盡可能的讓外表和內心同步化
我陪妳哭
我陪你笑
我陪你再一次體驗這世界的起始
一切重新的來過
如果真的要說，你對我來說，是生命中的什麼？

我會想到
妳是我點綴在巧克力蛋糕上的糖霜
Candice，人如其名
妳讓一切滋味變得更美好
我們現在像是朋友
我更是妳的守衛
走吧
我們一起探索未來
一定會很精彩的未來
我陪著妳。

二、爸爸一直都在這裡

剛剛在誠品裡
讀一本童書給孩子聽
那本書，她自己選來的
韓國童書，《爸爸與我》

裡面說到

爸爸 跟我一起玩玩具

爸爸 打走壞人
爸爸 保護我
爸爸 帶我走出迷宮
爸爸 準備好吃的東西給我吃
……等等

到了最後
有一天，小朋友長大了
跟爸爸分開了
繪本裡

一個往左走，一個往右走

書中的爸爸有點落寞

在空白的頁面裡，看著走遠的孩子

但

童書的結尾是

只要孩子要找爸爸

爸爸永遠在的

後來

我們離開了誠品

路上
心僑推開了阿嬷
不好意思樣
一直說要跟我講悄悄話
我也搞不清楚
我抱起她
她在我耳邊　呢喃著
她問到
以後我長大後，我們會離開嗎？（她應該是要說分開）
我回答

看僑僑長大想去哪裡

要去美國

要去日本

要去加拿大

或是，很遠很遠的地方

以後我們就很久、很久才能見面了

像是　加拿大的Wendy阿姨，跟阿婆一樣

（也許心僑出生到現在，見面不到五次）

如果

僑僑在台灣

在台北或是高雄
我們就可以常常見面了
在高雄
就像是阿公阿嬤家，跟爸爸家
我們就可以每天見面了

僑僑說到
那以後我不要去很遠很遠的地方了
我要在台灣就好了

我要跟爸爸媽媽在一起

我回答著
沒關係的，長大以後，僑僑想去哪裡
都可以
台灣可以，出國也可以
長大再說吧～
不過，爸爸都會在這裡的
如果你要找爸爸的話
爸爸都會在這裡的

下雨了嗎？
怎麼視線有點模糊了……

三、第一個孩子

我第一個孩子，布布
我在台北通化街夜市旁，接你回家的～
大二時候

大概十五歲上下
已經離開兩年多了
那時候
是爸爸跟媽媽正在爭執風暴的時候

爸爸很捨不得你

那時候
正值新的工作轉換
正在衝刺
也百業待興
分身乏術
也真的自顧不暇

總之

我覺得你的離開
我沒有完善、完整的陪你走完，
我沒有全然的做到
爸爸真的很抱歉

你記得嗎
在葬儀社裡
爸爸輕撫著你
跟你講了好多話
跟你說

你不要害怕
不要驚行
有一天，我們會在天堂相見
爸爸會去找你
你不要害怕

你那時候可能覺得，為什麼媽媽都沒來看你了
好久好久了
是的
我們在風暴的中央

還有妹妹出生了
媽媽心已經在妹妹那裡了
媽媽不只憎恨於我
她把我和所有的家人，包括你
一起打入冷宮和冷漠之丘

媽媽為什麼沒來看你
爸爸很抱歉
爸爸通知了
但爸爸不知道……

兩年多了
你在那裡？
爸爸現在過得很好了
你不用擔心
阿嬤說
你安安靜靜的離開
因為你知道爸爸那時候焦頭爛額，諸事如麻，痛苦萬分
像沒有靈魂的稻草人
你不想要在給爸爸添亂了

只是年後，
爸爸總想到你離開的前後
總覺得
很對不起你
我們都很想你
阿公阿媽爸爸嬸嬸還有叔叔
僑僑還有程宇，你的妹妹跟弟弟們
不時還會講到 布布 哥哥兩個字
他們看過你的

他們知道你的

寶貝，我也很想你的
不知道你在那裡
一切好嗎？
爸爸很抱歉

那照片
你離開前後爸爸抱著你
我知道你在不舒服

我不捨

我那時候因為家事，內心憂鬱萬分
但那時候的痛苦
造就了今天內心強大的我

我過得很好的
你不要擔心
我們真的很想你
寶貝我很想念你的

四、我是康斯坦丁醫生

有一天。

一位漂亮的女生來群英拆線，身邊跟著一個彪形大漢，全身刺龍刺鳳的，半甲、全甲的都是。一看，就絕非善類，跟著一起前來診間。

她拆完線後，傷口檢視完了，沒什麼大礙，我後續告訴病人相關衛教和護理，如何可以減少疤痕生成、改善和注意事項。講完後，我轉身起，開始跟這一旁的彪形大漢聊天、講話。我問問他的家人、他的生活、他的爸爸媽媽現在如何？孩子呢？孩子現在誰在照顧？

我們很久沒見了，但一見如故，我儼然就是一個老大哥的樣子，搭聳拍著他的肩。

說到，你現在的重點，就是把兩個小朋友，好好的撫養長大，好好的工作，這是你現階段，最重要的任務和責任。

過去那些日子，不要再來了，你也三十好幾了，長大了，過去那些荒唐事，不要再回去了！我們都要學著長大，我們不是為自己活著，還要為別人而活。

彪形大漢唯唯諾諾，一路點頭應允，說好的。

後續，跟他們道別之後，他們離開群英了。

我也轉身起，從櫃檯要走進去討論室，櫃台的護理人員，睜大眼睛問著我，楊醫師，你認識他們喔？他是你朋友嗎？全身刺龍刺鳳的，好像還有刀疤，好像有點恐怖，你怎麼敢跟他勾肩搭背啊？你的朋友嗎？你好像很多這樣的朋友跟客人？

……

……

我笑道

他不是我朋友

他是我家人

他是我親表弟

我們血濃於水

哈

不要太驚訝

我很多這樣的朋友跟親人

不是他們奇怪

是我長在他們裡面

我才奇怪！

免驚！

我想到，黑暗騎士的一段對話，班恩對著蝙蝠俠說到：

「你以為黑暗是你的盟友嗎？

你只不過是適應了黑暗

而我卻是在黑暗中誕生，被黑暗所塑造。

在我成年之前從未見過光明

光明對我而言毫無意義

只是刺眼的東西而已。」

《黑暗騎士．黎明昇起》———— 班恩

有那麼一點韻味在～
不過不用擔心
我是好人版的班恩
我跨足陰陽兩極
像《康斯坦汀：驅魔神探》般
我遊走兩端
心自在而恬靜矣

五、給孩子們的家書

有人問我：「楊，你這輩子的規劃是什麼？」

我想了一個大概，方向應該是：

在不靠祖產的情況下，未來，孩子每個人留一棟沒有貸款的房子給他們。

錢呢？

老爸老媽我們花剩的，再給你們，我也要對自己和你媽好一點，你媽跟在我身旁一輩子了，應該也夠憋、夠窩囊了。當初她嫁來，心裡應該想著，要享受榮華富貴的。但誰知道，我只給她中上人蔘，我要對她好一點了。我都不確定，這大半輩子，你媽有沒有後悔跟著我。我要帶你媽享福了～

錢不夠用的話，自己把房子賣掉變現，你們要對自己負責。或是，用阿公阿嬤留下的，老爸不會去花到都留給你們。記得，要對自己負責。

六十歲，我可以財富自由，想工作就工作，想出游就出遊，想任性就任性，不再為錢煩惱。每個月有固定，而穩定的被動收入。老爸我，一直在規劃和執行當中。

現在呢，解禁之後，每年全家出國兩、三次，退休以後也是。這需要上面的財務規劃支持。

老爸一直在努力著，希望你們可以學到老爸努力的態度，有一半，我就很開心了。想吃什麼、想用什麼、想買什麼，都好，不用瞻前顧後，為錢而苦。但前提是，不能是奢華，是需要，而不是想要。如此，老爸一定供應到，這是你們生在我們家的福蔭，不是特好，但已經是非常好了，要感恩、要知足～

教育，你想讀到哪，老爸就供應到哪，我跟你媽，絕對不會是虎爸或虎媽。不要學壞，健康、平安、幸福的長大，就好～那是最簡單，卻也是最奢華的願望了。

我自己呢？

老爸會好好的作，努力的作，好好的發光發熱。我會走到哪，我能走到哪，老爸也不知道，沒走看看，怎麼會知道？老爸我，一定會讓你們很驕傲，也會讓你們阿公、阿嬤、叔叔、嬸嬸、姑姑、姑丈、狗狗、貓咪、豬豬們，和你媽很驕傲。至少要讓你媽覺得，這份驕傲可以說服她，這輩子沒有跟錯人，這是我的暗黑計畫。

老爸像是被阿公阿嬤，偷偷植了一個核反應爐，在身體裡、在基因裡好像永遠有用不完的精力，核融合和裂解，日夜在敲打作弄著老爸～

我們常常聚在一起，好好的把這輩子的緣分和羈絆，修一修、補一補，不要再相欠了～

這輩子、下輩子，我們都乘願而來、隨緣而去，有緣再相見，沒有因緣欠債的相見。

老爸這輩子是來還債的，是來報恩的

你們可要跟緊了～

讚美卡

你的鼓勵與支持是我們努力的原動力

我要讚美你（讚美對象）：楊沂勳醫師、
骨科護理師 郭玉芳
三樓全體護理人員、行政人員

你好棒喔！

因為：感謝楊醫師的良好的醫術
讓媽媽的傷口可以得到即時的治療
感謝三樓護理人員用心的照顧
住院期間用心的衛教及照顧
讓媽媽傷口癒合的非常良好
最後祝福大家上班平安、下班開心
薪水多多、身體健康
您們真的很棒、很優秀
感恩

讚美你的人：309-2 兒子 日期：108.7.9

謝謝你的鼓勵！ 請將讚美卡交給我們工作人員

關於愛情

UCC
ACK
非常感謝醫師這段
間無私盡心力的照護，
家屬的我看得見的。您
有您的專業，是病患自身的
題，由她自身承擔，在此對
表示歉意，

一、情書，一封未寄出的

日子一天天的過了，
對你的印象，也慢慢的模糊
有時很想你的時候，
會想著
你正在跟別人溫存，我就會比較好一點
也許讓憤怒蓋過那思念
是最好的自我安慰

當然

有時候也會想著你，可能也是一個人，

而你那時候，也在想著我

月娘高高掛著，看著兩端的思念

無能為力

只是以前的我不願意低頭

現在是你不願意了

我愛你什麼呢？

你的純樸和平實
我喜歡和習慣這樣的力量

當初不希望你走入醫美，因為妳會接觸形形色色的朋友
你會被影響
我也常聽你說起，朋友圈裡的荒唐事
我瞠目結舌
也希望你的客觀看待
不要有一天，也變成了你的主觀

你可能以為是開竅
其實不然，那是環境的負面
有時候會讓你看不清楚未來

戀愛讓人覺得美好，臉紅心跳，也常被誤以為
這才是真正的愛情

其實，愛情和熱情，是在感情萌芽之初，
後續，是親情慢慢的帶出和融入
親情 溫而淡，長而遠

在別人的溫柔鄉了嗎？
沒關係的
一切都還好好的。

我的愛還沒消失，
只是它的心跳聲一直在變弱
我沒打算強心針和急救
只希望像是安寧
讓它慢慢的不疼了、不痛了，也不愛了
化為過去書櫃上，一本一本的記憶

我愛你，和對不起
是我這些年欠妳的

你好嗎？
我也很好的
我們都要好好的。

二、妳忙得開心，我就開心

以前我看待事情的觀點，會去看頭、想尾，去預測這樣事情的CP值，和可行性，會不會是浪費時間？會不會有更好的處理方式？會不會作白工？會不會不作更好？（被我老爸企業管理的書，影響荼毒太多……）

例如，姑娘喜歡泡咖啡，以前的我覺得，全家和小七，貝納頌三十元不到的咖啡好喝、便宜又方便，可以帶著走，四處容易取得，所以這些日子以來，我都以這個為主。

姑娘製作的咖啡，全脂的新鮮牛奶、咖啡豆、蒸氣打奶泡、拉花、咖啡靜製後放冰箱（我喜歡冰咖啡）、之後還有洗咖啡機、洗杯子、還有這些所有事件，時間的總和、經濟成本……等等。我會覺得，這早已經超過二十幾塊，很多、很多，而且結果不一定比較好（好喝程度來說），更遑論晚餐的製作了……，以前會覺得不值得（其實是不解情趣……）。

姑娘喜歡網拍。以前，一樣落入我的分析，可能好幾週才賣出一件衣服。一件衣服的利潤，可能一、兩百塊，或是更少。期間，姑娘還要去後火車站批貨、去超商寄貨、每天緊盯著電腦傷神傷眼，試裝著衣過程要拍照、找朋友當model、買包裝紙、騎車出門寄貨、跟朋友研究，如何買網路廣告、還有我家裡另外一個凌亂的房間（我不敢看，還有走進去……）等等。

其實，真的有賺嗎？我覺得應該是沒有……應該還是賠錢，因為賣出幾件後，很開心，還請我吃飯，賺的錢根本不夠……。之前的我會分析前後給她聽，之後或許希望她換個方向，應該會有更好的方式。

我想到，過去的她有段時間會騎著機車，到處出公差跑東跑西、從早到晚，診所好像也沒有補貼油錢。其實外面到處騎車跑，也蠻危險的，在本來就不高的薪水裡，又自掏腰包車馬費，真的不太合理……

不過後來我回想，也發現，她好像樂在其中。

我問過姑娘我分析前後成本、結果和效益……等等概念之後，妳真的覺得，還有需要泡咖啡、製作晚餐或是網拍嗎？

她很簡白的說到，我就是喜歡這些事情，不管是不是賺錢，或是對你來說是不是有意義，我在作這些事情的時候，我很開心，我有事情可以作，我樂在其中。

近日這些話，寫入我的心裡了。

有事情作、作的開心，很重要

一個人會因為工作而發光、發亮

身心靈都是

因為投入心力之後，受到肯定

覺得自己被需要

心靈上獲得滿足

至關重要

以前的我，沒能看透這些，什麼事情都幫妳安排好好的，妳後續閒閒沒事，會做什麼？閒閒沒事，便開始玩交友軟體、網路唱歌給男粉絲聽、約男生女生夜唱、喝酒和開趴……等等，不安於室。

我不堪回想過往，也不想重蹈覆轍，沒事作的時候，年輕女子很多時候就會自己找事情作，後來一發不可收拾。現在，我看待自己以外的人事物，觀點更為開闊，用更廣、更遠的角度去想。

為什麼周杰倫支持著昆凌，發展她自己想要的事業、未竟之事？

為什麼郭台銘支持著妻子，持續她的舞蹈教室？

他們應該只是想讓另一半開心，
讓另一半有事情可以作。

忙得開心很重要，
男生女生都是
那應該是人生賽局裡，
最偉大的平衡了。

其實簡單的說就是，
妳開心就好了～
因為我很愛妳。

三、告訴我，你是不是在靠北

我喜歡吃蝦子
但不喜歡剝蝦子……
所以以前都是選擇不吃蝦子
或是
等別人剝給我吃……
時光荏苒
物換星移
人事已非

人總要學著長大

我現在也開始剝蝦子給別人吃了

沒辦法

時也、運也、命也

話說，

那天在剝蝦子的同時

我問到對面的姑娘

妳知道為什麼我摸到剛烤好的蝦子，

會覺得很燙

很不舒服嗎？

姑娘：……

因為剛烤好……？

其實你可以等涼一點在剝

楊：

簡單的說，

如果物理學是正確的話

木炭加熱這蝦子，到熟這個溫度之後

蝦子整體，用超級微觀來看

蝦子是無數個原子和分子組成

溫度越高
粒子之間的擺動、震盪幅度就越來越大
溫度高到一定程度後
粒子之間的鏈結力抓不住了
原子、分子、粒子就會散掉，重新排列
變成氣化或液化
重新組合
產生形變
不過目前還沒有
不是原子本身被破壞喔

原子被破壞的話
就是 E = MC 平方，的質能守恆定律了
我們這裡會爆炸
這蝦子目前超級微觀來說
就只是無數的粒子，在原地、原一定空間裡，高速的震盪而已
所以我的手指碰到蝦子表面的震盪粒子
那震盪，
也傳導到我手上皮膚的原子、分子或粒子層
造成部分的震盪
我手指頭皮膚的粒子

可能有很少部分，氣化、液化或脫落，像是皮屑

剩下留在原地，手指皮膚的粒子層

就和蝦子表面粒子一樣，同步震盪著

而那震盪

對鈉鉀氫鈣等等離子幫浦，產生一定作用

最後 C－Fiber 被激發

後來我的中樞神經，就感覺到痛了

這就是我手拿起，剛烤起來的蝦子

會覺得燙和不舒服的原因了

姑娘：……

國家圖書館出版品預行編目資料

整形外科楊沂勳醫師的偏鄉隨筆 / 楊沂勳 著
--初版-- 臺北市：博客思出版事業網：2021.10
ISBN： 978-986-0762-07-5（平裝）

863.55　　　　　　　　110015181

現代散文 14

整形外科楊沂勳醫師的偏鄉隨筆

作　　者：楊沂勳
編　　輯：塗宇樵、古佳雯、沈彥伶、楊容容
美　　編：塗宇樵
封面設計：塗宇樵
出 版 者：博客思出版事業網
發　　行：博客思出版事業網
地　　址：台北市中正區重慶南路1段121號8樓之14
電　　話：（02）2331-1675或（02）2331-1691
傳　　真：（02）2382-6225
E—MAIL：books5w@gmail.com或books5w@yahoo.com.tw
網路書店：http://bookstv.com.tw/
https://www.pcstore.com.tw/yesbooks/
https://shopee.tw/books5w
博客來網路書店、博客思網路書店
三民書局、金石堂書店
經　　銷：聯合發行股份有限公司
電　　話：（02） 2917-8022　傳 真：（02） 2915-7212
劃撥戶名：蘭臺出版社　帳號：18995335
香港代理：香港聯合零售有限公司
電　　話：（852）2150-2100　傳真：（852）2356-0735
出版日期：2021年10月 初版
定　　價：新臺幣280元整（平裝）
ISBN：978-986-0762-07-5